LES CONTES DU JOLI BOIS

SOMMAIRE

TONY WOLF

LES CONTES DU JOLI BOIS

BRIMAR

La fête du printemps

Ah, la fête du printemps ! Pas un seul habitant du Joli Bois ne voudrait la manquer !

La fête du printemps, avec Rat Noir dirigeant l'orchestre des grillons, des bourdons et des sauterelles, et Cigale en guitare solo ! La fête du printemps, quand le ciel est serein et constellé d'étoiles, l'air tiède et parfumé, le tonneau rempli d'un délicieux sirop de framboise !

Manquer une telle fête ? Jamais ! Pourtant, elle a commencé avec un « aïe ! » sonore, entendu aux quatre coins de la forêt !

« Qu'est-il arrivé ? » demande Tortue à Corbeau. Celui-ci répond :

« C'est sûrement Hérisson qui pose l'affiche annonçant la fête.

"Aïe, j'ai mal !"

Comme chaque année, il s'est donné un coup de marteau sur le doigt. »

Eh oui. C'est comme ça tous les ans. Et plus personne n'y fait attention. Sauf Hérisson, bien sûr !

Tout le monde est là ; il y a même un hôte de passage : une grenouille dont on ne sait ni qui elle est, ni d'où elle vient, ni où elle va. Après lui avoir souhaité la bienvenue, Musaraigne déclare :

« L'orchestre vient de jouer l'Hymne de l'Omelette ; on peut commencer à danser.

— Mais quel rapport entre l'omelette et votre fête ?

— Je ne sais pas. Personne ne le sait. Mais qu'importe, cet hymne nous plaît, et cela suffit ! »

Oui, voilà le secret des habitants du Joli Bois : ne pas se poser trop de questions. La vie est déjà assez compliquée comme ça, pourquoi la compliquer davantage ? Par exemple : Blaireau a démontré, un calendrier à la main, que le printemps ne commençait pas aujourd'hui, mais demain.

Savez-vous ce que lui ont répondu Ourson et Renard ? « Cher Blaireau, tous les jours sont bons pour faire la fête ! »

Maintenant, tout le monde danse. Grenouille a invité Pie. « Oh merci, j'avais peur que Hérisson ne m'invite à danser : tu comprends, avec tous ses piquants ! »

Mais Hérisson a invité la charmante dame Marcassin ; Écureuil sert le sirop de framboise, et Rat d'Eau offre des gâteaux. Un brouhaha joyeux s'élève ; l'orchestre joue avec beaucoup d'entrain, et tout le monde est heureux ! Pourtant, quelqu'un fait grise mine. C'est Corbeau, chapeau melon enfoncé jusqu'aux yeux, ailes repliées sur son dos ; il trouve que les choses ne vont pas aussi bien qu'elles le devraient.

« Croâ je dis et croâ je répète, croâ ! Sottises, ces fêtes ! grogne-t-il. Pourquoi pas la fête de l'été ou de l'automne ? Ça ne me plaît pas, ça ne m'amuse pas ! Eh, vous deux ! dit-il à Castor et à Marmotte. Qu'avez-vous à rire ?

– Ah ah ah !... Nous ? Mais nous... ah ah ah !... nous ne rions pas ! »

Et ils se remettent à rire ; savez-vous pourquoi ? Parce que Castor a demandé à Marmotte : « Comment se fait-il que Corbeau porte toujours un chapeau melon ?

– Tu ne le sais pas ? a répondu Marmotte. C'est parce qu'il a la tête pelée ! »

Pauvre Corbeau toujours grognon ! Il dit que tout cela n'est que sottises et qu'il s'ennuie à la fête. En réalité, il s'amuse follement. Et quand la fête est finie, quand tous, heureux et fatigués, vont dormir dans leur nid ou leur tanière, c'est lui qui nettoie, en marmonnant :

« Ah, quel délice la fête du printemps ! Mais, croâ je dis et croâ je répète, croâ ! Il faut que demain matin le bois soit tout propre ! Sinon, que diront les fleurs ? »

...et quand la fête est finie, Corbeau prend sa poubelle et va jeter tous les déchets.

Le concours
des cosses

Les petits pois !...

Les deux frères Hérisson en raffolent ! Pour aller les cueillir, ils se lèvent dès l'aube, quand les oiseaux dorment encore et que le Joli Bois silencieux est baigné de rosée. Ils sont capables d'en ramasser jusqu'au soir ; lorsqu'ils retournent chez eux, ils portent sur leurs épaules un gros sac de cosses vertes.

Et le soir venu, quel plaisir ! Quand elles s'ouvrent, on entend « pac ! », et un frais parfum de petits pois se répand dans l'air.

« Sniff sniff ! J'aimerais les manger tous ! » soupire un des frères. Mais l'autre est plus sage :

« Non, on les met au sel dans les tonneaux, pour les conserver.

— Au moins quelques-uns !

— Rien du tout. Il faut penser à l'hiver, quand nous ne trouverons plus de légumes frais. »

Alors qu'ils s'affairent à remplir les tonneaux, l'un d'eux dit :

« C'est vraiment dommage de jeter toutes ces cosses !

— C'est vrai, mais que veux-tu en faire ? On ne peut pas les manger !

— Et pourtant elles pourraient servir à quelque chose ! Ecoute : si on organisait un concours ? Celui qui trouvera le meilleur moyen d'utiliser les cosses aura... il aura un tonneau de petits pois au sel ! »

La nouvelle se propage très vite ; le jour suivant, chacun vient avec son idée.

Grenouille : « On pourrait peindre un emblème sur chaque cosse, et faire une course de canoës. »

Cigale : « Je propose qu'on en fasse des hamacs à suspendre entre les branches. Ah, quelles siestes ! »

Coccinelle : « A mon avis, une cosse remplie d'eau pourrait être utilisée comme baignoire. »

Araignée : « Moi, j'en ferais des pièges à mouches » ; mais les autres, indignés par cette idée, la prient de se taire ; toute honteuse, Araignée part se cacher dans un coin.

« Pourquoi ne pas en faire plutôt des berceaux ? » déclarent d'une seule voix les trois souris Sœurettes.

"Quel parfum délicieux !"

9

Les idées ne manquent pas : les discussions vont bon train, quand arrive Ecureuil, tout essoufflé : « Ohé, les amis ! crie-t-il. Venez voir ce que les fourmis sont en train de faire ! » Tous le suivent en courant jusqu'au ruisseau. Et ils restent là, bouche bée. Les fourmis ont lié les cosses deux par deux, comme s'il s'agissait de barques ; toutes les cosses sont pourvues d'une ancre pour éviter de dériver et sont recouvertes d'une bonne épaisseur de brins d'herbe.

C'est un travail difficile et dangereux, car on risque à tout moment de tomber dans le ruisseau. D'ailleurs, il y a une équipe de secours, prête à intervenir.

C'est ainsi qu'en quelques heures, un pont a été jeté entre les deux rives, un vrai pont de barques. Dorénavant, pour traverser le ruisseau, il ne sera plus nécessaire de descendre jusqu'au gué, et de se mouiller.

« C'est un chef-d'œuvre d'ingéniosité ! » commente Castor qui connaît bien les ponts, puisque c'est son métier d'en construire.

Quand ce travail est terminé, Grenouille dit :

« Chères souris, voudriez-vous inaugurer le pont ? »

Les trois sœurs demandent en hésitant : « In... in... augurer le pont ?

– N'ayez pas peur ! Il n'y a aucun danger. Ce pont pourrait supporter le poids d'un éléphant ! Un éléphant très petit, bien sûr.

– Venez donc ! » disent les hérissons.

Alors les trois souris se prennent par la main : d'abord hésitantes, puis avec de plus en plus d'assurance, elles passent le pont, au milieu des applaudissements des fourmis.

Tout le monde est d'accord : le premier prix pour la meilleure utilisation des cosses doit être décerné aux fourmis.

Mais Grenouille ne s'avoue pas vaincue : « Pour moi, le premier prix importe peu ; et puis les petits pois au sel ne me plaisent guère. Je vais peindre des emblèmes sur les cosses qui restent... Quelles belles courses de canoës nous ferons sur la rivière !... »

...flotteront-ils vraiment, les canoës que Grenouille décore ? Il vaut mieux savoir nager !

Le mariage
des merles

Dlin-dlin ! Dlin-dlin-dlin !

Les habitants du Joli Bois se réveillent. Ils frottent leurs paupières, s'étirent et tendent l'oreille.

Dlun-dlon-didididididlon !

Que se passe-t-il ? D'où vient ce bruit ? On n'a jamais rien entendu de pareil dans le bois.

« Du calme ! Restez tranquilles ! dit Corbeau. Je vais voir ce que c'est et je reviens ! »

Sortant de son nid, il vole çà et là, puis s'approche d'un buisson de roseau.

« Croâ je dis et croâ je répète, croâ ! Qui est ce levraut qui fait de la musique ? Ohé, petit lièvre, que fais-tu donc ?

"Vite, faisons-les rouler !
La fête va commencer !"

– Tu ne vois pas ? Je suis en train de jouer », répond Levraut ; avec deux petits marteaux de bois, il tape sur des bouteilles posées devant lui.

Curieux, Corbeau s'approche et demande :

« Quel est cet instrument ?

– Comme je ne possède pas d'orgue, j'ai récupéré ces bouteilles, avec l'aide des ratons ; je les ai plus ou moins remplies d'eau, de façon que chacune donne un son différent. Entends-tu comme c'est beau ? » Dlin-dlon dou-dou-dou-dlon ! « C'est un hymne nuptial. J'en suis l'auteur et l'ai intitulé "Longue vie, grand bonheur aux mariés, et de nombreux enfants".

– C'est très beau ! Mais pour qui est cet hymne nuptial ?

– Comment ? Tu ne sais donc pas que Merle épouse aujourd'hui sa fiancée ? Attention, les voici ! Ils arrivent, laissez-les passer ! »

Personne n'a oublié que les merles se mariaient aujourd'hui. Le cortège est ouvert par Rat Noir. C'est lui le maître de cérémonie, car il a été veuf trois fois, et il a l'habitude de ces choses. Le marié est en noir, la mariée porte un beau voile blanc que les bourdons soutiennent pour qu'il ne traîne pas à terre. Les

ratons ont parsemé le sentier de fleurs parfumées. Levraut joue un air de musique et les mésanges chantent en chœur :

« Pour leur félicité,
Pour une vie pleine de nouveauté,
Et du bon grain en quantité...
Et de nombreux petits...
Vive les mariés ! »

Perchée sur sa feuille, Chenille regarde et se dit : « Qu'est-ce que je fais ? Je descends pour suivre le cortège, ou je regarde d'ici ? Je vais au banquet de noce, ou je fais un petit repas avec une feuille de laitue ? Il faut que je me décide... »

Dans l'allégresse générale, il y a une mine allongée et des yeux un peu brillants. C'est Corbeau qui se tient à l'écart et regarde tristement. Il a toujours eu un faible pour Merlette ; il avait fait des projets, et même une fois, il avait été tout près de lui déclarer son amour... et maintenant...

« Pour une Merlette de perdue, cent de retrouvées ! » s'exclame-t-il

enfin ; puis, il s'en va bouder dans la forêt. Voilà pourquoi il ne participe pas au grand banquet dressé sur une longue table, si longue que l'on n'a pas trouvé de nappe la couvrant entièrement. Les souris Sœurettes en ont bien une, mais elles ne veulent pas la sortir de l'armoire : « Nous l'utiliserons seulement quand l'une de nous se mariera. » Autant dire qu'elle ne sera peut-être jamais utilisée, car elles sont si heureuses ensemble qu'aucune ne pense au mariage.

Finalement, pour couvrir cette table, il a fallu cinq nappes : c'est du plus bel effet, et très gai. Jusqu'au soir, le bois a résonné de rires et de chants.

Et c'est justement le soir qu'est arrivée tout tranquillement Chenille. Elle s'est enfin décidée à descendre de sa feuille, et vient se mettre à table... Trop tard ! Il n'y a plus personne ! Même plus de miettes : les fourmis les ont emportées...

Rat Noir se lève et porte un toast : "Vive les mariés ! Qu'ils soient heureux ! Et.... bon appétit !"

La grande maison

Ils s'y attendaient.

« C'est moi qui vous le dis, déclare Ecureuil, il est à moitié creux ; il est même complètement creux. Il ne tiendra plus longtemps.

– C'est vrai, c'est vrai, approuvent les bourdons.

– Savez-vous son âge ? Deux cents, trois cents, peut-être mille ans. C'est le plus vieil arbre du Joli Bois. Tôt ou tard, il tombera, le pauvre ! »

Tous soupirent et regardent tristement le grand chêne, vieux et rugueux, qui ne produit plus de glands et n'a plus de feuilles... Et, par une nuit de bourrasque, on a entendu un énorme craquement...

Le jour suivant, alors que le soleil n'est pas encore bien haut dans le ciel, ils sont tous dans la clairière, autour du grand chêne déraciné.

« Ses glands étaient délicieux ! soupire Hérisson.

– C'était si amusant de se cacher dans ses feuilles et ses branches ! dit Merle.

– Dommage qu'il ne serve plus à rien ! » déclarent en chœur les souris Sœurettes.

Mais Castor ajuste ses lunettes :

« Du calme, du calme. Qui dit qu'il ne sert plus à rien ? Laissez-moi prendre quelques mesures ! » Et le voilà qui saisit une feuille de papier, un mètre-pliant, un crayon, un compas : le front plissé, il va et vient autour du tronc. Soudain, il explique : « En taillant un peu ici, en élevant quelques cloisons là, en ouvrant quelques portes et quelques fenêtres... nous aurons une merveilleuse tanière ! Que dis-je une tanière ? Nous aurons ici un... immeuble en copropriété ! »

Après un instant de silence, Tortue murmure : « Bien sûr, mais qui peut faire ce travail ?

– Les pics, tout simplement. »

Et immédiatement, l'accord est conclu : en échange d'un pot de miel, les pics travailleront le tronc avec leur bec robuste, en suivant les indications de Castor. Déjà, une

"Mais non ! La porte doit être plus large !"

fenêtre se profile ici, une porte là ; pendant ce temps, Hérisson, Taupe et Blaireau montent les cloisons et préparent les serrures. En quelques jours, le grand tronc s'est transformé en... mais oui ! en un immeuble collectif comprenant cinq appartements. Les souris Sœurettes balaient, nettoient, époussettent à la perfection ; puis elles suspendent tentures et rideaux. Les entrées sont aménagées, et on a même construit une petite terrasse pour y étendre du linge. On n'a jamais vu une maison de ce genre, dans le Joli Bois.

Enfin chacun emménage : au 1er étage va habiter Musaraigne, au 2e les Hérissons, au 3e Rat Noir (qui commence par installer une vieille horloge héritée de sa première femme), au 4e Criquet, au 5e devrait s'installer Taupe, mais...

« Mais je ne sais pas si je serais bien, là-dedans, dit-elle.

– Comment ? Ça ne te plaît pas ? s'exclame Castor, l'air indigné.

– Là n'est pas la question... Mais, vois-tu, mon passe-temps favori est de creuser des galeries, et de mettre de temps à autre ma tête dehors pour voir où je suis arrivée. Comment pourrais-je creuser des galeries dans l'immeuble ? Je risque de mettre ma tête chez Rat Noir !

– Oh non, ceci ne doit pas arriver ! dit Castor. Tu iras habiter dans la cave, sous terre, et tu pourras creuser toutes les galeries possibles !

– Voilà une bonne idée ! » s'écrie Taupe, et elle se met immédiatement au travail. Au début de la soirée, elle est installée dans sa nouvelle tanière, morte de fatigue, mais heureuse. Les habitants de l'immeuble l'observent par la fenêtre :

« Il vaut mieux, murmurent-ils, qu'elle dorme dans la cave ! Entendez-vous comme elle ronfle ! Elle nous aurait tous réveillés ! »

Ainsi, même tombé, le vieux chêne continue à faire partie du Joli Bois.

"À quoi rêve-t-elle, pour ronfler de la sorte ?"

"Voici la Grande Ourse – dit Rat Noir – et là, le Sagittaire..."

Les étoiles filantes

Rat Noir est certainement le plus grand aventurier du Joli Bois. Il a beaucoup voyagé. Dans sa jeunesse, il s'est embarqué sur un navire marchand (dans la cale, bien entendu ; dans la cambuse aussi, là où il y a des vivres en abondance). Il n'oublie jamais de le raconter.

« Mais comment prétends-tu avoir vu le monde, lui demande Ourson, puisque tu étais toujours enfermé dans la cale ?

– Eh bien, mon cher, la nuit, quand il n'y avait personne, je montais sur le pont : je voyais la mer, le ciel, les étoiles filantes.

– Les étoiles filantes ? Comment sont-elles, les étoiles filantes ? » demande l'assemblée, intriguée. Rat Noir s'étonne :

« Comment ? Vous ne savez donc pas que des étoiles tombent, pendant l'été ? »

Sceptique, Hérisson se tourne vers Hibou qui, comme chacun sait, connaît le ciel, les étoiles et la nuit mieux que personne : « Dis, Hibou,

est-ce vrai ? Ou Rat Noir se moque-t-il de nous ?

– C'est vrai, c'est vrai. Les étoiles tombent. Je les ai vues, moi aussi.

– Saperlipopette ! Mais c'est la nuit du 10 août ! s'exclame Rat Noir. La nuit où il tombe le plus d'étoiles ! Allons-y, les amis !

– Allons-y ? Mais où ?

– A la grande clairière, là où le ciel se voit bien ! Vite ! »

Enthousiasmés, ils se mettent en marche, suivant Hibou et Rat Noir qui parlent de Cassiopée, d'Andromède, des Pléiades, et de bien d'autres mots difficiles. Les souris Sœurettes voyagent sur un chariot tiré par Blaireau, et les autres suivent : Grenouille, Taupe, Sauterelle... Ils sont contents, mais les tortues se lamentent : « Vous marchez trop vite, on n'arrive pas à vous suivre ! »

Loir chemine un moment, puis le sommeil le prend ; il commence à bâiller, avance les yeux fermés, se.

cogne le nez contre deux ou trois arbres, et n'entend même pas une voix dire : « Nous sommes arrivés ! » Il pousse un grand soupir, s'étend dans l'herbe et commence à ronfler. Dommage ! Parce que, au-dessus de la tête des habitants du Joli Bois, il n'y a plus la coupole verte des branches mais celle, immense, du ciel, où brillent les étoiles.

« Voici la Grande Ourse, disent Hibou et Rat Noir, et ici le Sagittaire, et ici...

– Regardez ! Une étoile filante ! » crie quelqu'un ; dans le ciel, on a vu apparaître puis disparaître une traînée d'argent.

« Une autre !... Et une autre encore !

– Celui qui en verra le plus pourra retourner à la maison en chariot ! » annonce Hibou. Alors, ils rivalisent d'attention : à chaque étoile filante s'élèvent des « ooh » et des « aah » d'admiration et d'étonnement. Chacun essaie de crier le premier. Quant à Loir... rrr-rrr... il continue de ronfler tranquillement.

« Si nous faisions la farce du loup à ce dormeur ? » demande Grenouille. Tout le monde est d'ac-cord : sur la pointe des pieds, ils s'approchent de Loir et, au signal donné, un cri s'élève : « Au loup ! Au loup ! »

Loir sursaute, s'assied épouvanté, les yeux écarquillés, la bouche ouverte. Eclat de rire général.

« Quelle plaisanterie de mauvais goût ! » dit Loir ; mais les autres continuent à rire ! Puis, ils regardent à nouveau le ciel. Les heures passent, les étoiles filantes conti-nuent de tomber.

Puis viennent les premiers frissons ; les étoiles disparaissent, il fait nuit noire.

« Comment ferons-nous pour retrouver le chemin du retour ? demandent les souris Sœurettes.

– Nous y avons pensé », répon-dent Hérisson et Grenouille ; ils apportent une grande corbeille et en font sortir cent lucioles qui illumi-nent le sentier : c'est comme si des petites étoiles étaient venues leur montrer le chemin.

Ainsi, grâce à leur lumière, les habitants du Joli Bois retournent dans leurs maisons. Mais avant de partir, Rat Noir et Hibou réenrou-lent avec soin la carte du ciel qu'ils avaient emportée.

"Attention, la carte est si vieille qu'elle peut se déchirer !"

La piscine

Ah, quel mauvais moment on a passé !

Par une journée très chaude, l'eau du ruisseau coulait merveilleusement fraîche, et un raton avait plongé. Mais, alors qu'il était encore en l'air, il s'était subitement souvenu qu'il ne savait pas nager. « Oh, maman, comment faire ? »

Trop tard : « splash ! », il était dans l'eau. Le courant l'aurait emporté au loin, si Hérisson n'était pas arrivé. « Courage, agrippe-toi à ça ! » avait-il crié, en tendant une tige fleurie vers le raton en danger. Celui-ci l'avait attrapée et avait pu alors retourner sur la rive, transi et apeuré. Par miracle, il ne lui était pas arrivé malheur.

Les habitants du bois ne veulent plus que pareille chose se reproduise. « Nous ne sommes pas tous comme Loutre, Castor et Gre-

nouille qui sont aussi à l'aise dans l'eau que sur la terre ferme ! Puisque c'est l'été, il faut faire quelque chose si nous voulons éviter des noyades.

– C'est très simple ! dit Castor. Nous allons construire une piscine ! »

Ayant sorti feuille de papier, crayon, mètre et compas, Castor se met fiévreusement à faire des calculs. Puis il donne des ordres :

« Au travail ! Commencez à creuser ici !

– Ici, dans ce pré ? Mais il n'y a pas d'eau ici !

– Creusez, vous dis-je ! Vous la voulez ou non, cette piscine ?

– Ouiiii !

– Alors, au travail ! »

Ils creusent donc trois trous de différentes profondeurs, séparés par des petites digues. Alors, à travers

"Agrippe-toi à cette branche ! Et garde la bouche fermée, autrement tu vas boire la tasse !"

un canal, l'eau du ruisseau s'achemine et remplit ces trous.

« Bravo ! s'écrient tout heureux les habitants du Joli Bois. Nous avons nos piscines !

– Attention, cependant, prévient Castor. Pour le moment nous utiliserons uniquement celle du milieu. Avancez, sans avoir peur ! »

C'est une fête pour tout le monde. Grenouille construit immédiatement un plongeoir alors que Merle transforme son nid en barque et emmène deux des souris Sœurettes en promenade : la troisième reste sur la rive avec une bouée de sauvetage ; on ne sait jamais...

Loutre s'amuse à nager sous l'eau, puis renverse la boîte transformée en barque par Grenouille.

« Attention au bolide ! » hurle Lucane Cerf-Volant qui fait du ski nautique sur une cosse tirée par les bourdons.

« Ah, quel vacarme ! » soupire Rat Noir tranquillement installé sous le parasol. Pendant ce temps, les fourmis sont arrivées sur leur barque en coquille de noix, et Chenille, toujours aimable, sert de passerelle. Hamster a trouvé une embarcation très commode : le ventre de dame Tortue...

« Maintenant, on peut vraiment profiter de l'été ! »

Mais Castor ne s'accorde pas de repos : aidé de Hérisson et de son assistant, il mesure la profondeur des différents bassins : « Pfff ! dit-il en crachant, celui-ci est assez profond, nous le réserverons aux nageurs expérimentés !... Eh ! Cigale ! pourquoi t'arrêtes-tu de chanter ? »

Grenouille organise une école de natation, avec panneaux d'explication. « Je vous ai vus, dit-elle aux ratons, vous n'avez pas de style ; vous nagez comme... euh, comme des ratons. Voyez-vous, il existe plusieurs styles. Il y a la brasse, le crawl, la nage sur le dos, la brasse papillon, la nage du chien ou de la tortue. Mais souvenez-vous, mes enfants, la principale chose, en natation, est la respiration... et la prudence... »

"C'est facile de nager pour toi qui es une Grenouille ! Serons-nous un jour aussi habiles ?" disent les Ratons.

L'épi de maïs

« Regardez ce que j'ai trouvé ! » dit Fourmi n° 11 (elles sont si nombreuses qu'on est obligé de leur donner un numéro).

« Mais c'est un grain de maïs, répond Fourmi n° 12.

– A quoi ça sert ?

– On peut le manger. Il faut le couper en deux et l'assaisonner avec un peu de sel ou de sucre. On essaye ?

– Oui, oui ! »

Les deux fourmis prennent une hache et s'apprêtent à fendre le grain, lorsqu'elles entendent :

« Eh ! Un moment ! Que diable faites-vous ? »

"Arrose-le bien, afin qu'il grandisse plus vite !"

C'est Hérisson qui s'avance d'un air très sérieux.

« Nous nous préparons à manger un grain de maïs, répondent les fourmis.

– Vous ne savez donc pas que ce grain peut donner un épi ? On l'enfonce dans la terre, on l'arrose, on le soigne, et peu de temps après, on a un épi avec cent ou deux cents grains !

– Tu dis vrai ?

– Je vous le garantis. »

Les fourmis parlementent un moment, puis :

« Ecoute, dit Fourmi n° 11, nous te donnons ce grain pour que tu le plantes. S'il donne un épi, nous ferons moitié-moitié. Ça te va ? »

Hérisson réfléchit un instant, puis :

« D'acord, affaire conclue. »

Et voilà Hérisson qui retourne la terre, y plante le grain, l'arrose, le protège du soleil et de la rosée.

Peu après, une petite plante commence à germer. Tous les habitants du Joli Bois viennent la regarder avec curiosité. Chacun donne son opinion :

« Hérisson travaille beaucoup, dit Raton, et pourtant il devra en donner la moitié aux fourmis qui, elles, en revanche, ne font rien !

– Bien sûr, mais les fourmis ont donné la graine, et sans graine il n'y aurait pas d'épi, rétorque Ecureuil.

– Croâ je dis et croâ je répète, croâ, il n'y aura pas un seul épi », dit Corbeau, toujours pessimiste, en secouant la tête.

Il se trompe, car au moment prévu, voici qu'apparaît un bel épi gonflé, avec une barbe tendre, blanchâtre d'abord, puis rousse. Quelle fête dans le bois !

« Mangeons-le avec du lait ! propose Rat Noir.

– Non, frit, dit Grenouille.

– Non, bouilli, dit Taupe.

– Non, cru » dit Castor. Et pendant que l'on discute, les fourmis, crayon et papier en main, comptent les grains : 172. Une poignée de main avec Hérisson, puis elles commencent à porter leurs 86 grains dans la fourmilière. Hérisson préfère les manger rôtis et roulés dans du miel apporté par les bourdons.

Inutile de préciser que tout le monde est invité au goûter.

On allume le feu, on arrange la braise, on met l'épi sur la broche, on le recouvre de miel et on le fait tourner : une délicieuse odeur se répand partout. On a même installé une tente et apporté des boissons. C'est une grande fête. Le seul à ne rien faire est Corbeau.

« Et toi, que fais-tu ? lui demande Grenouille.

– Moi ? J'attends de manger ! »

Il y en a pour tout le monde. Les grains rôtis et enrobés de miel sont bons et croquants.

Bien entendu, s'il y en avait eu plus, on en aurait mangé plus... mais cette nuit, quelques-uns auraient eu mal au ventre.

C'est d'ailleurs ce qui est arrivé à Taupe ; par bonheur, elle avait chez elle des baies de genièvre séchées, qui guérissent tous les maux.

Alors que, étendue sur son lit, Taupe attend que son mal cesse, elle entend un bruit sourd et se met à la fenêtre : ce sont les fourmis qui emportent chez elles l'épi tout gris et vide. Taupe demande :

« Mais que ferez-vous de cela ? »

Et les fourmis de répondre :

« On ne sait jamais, on ne sait jamais !... Nous étudierons la chose... »

"... Fourmis N.ᵒˢ 1, 2, 3, 5, 7, 14, tirez ! Oh hisse !" ordonne Fourmi N.ᵒ 32. "Pourquoi ne vient-elle pas nous aider, au lieu de commander ?" grogne Fourmi N.ᵒ 5.

Le grand jus de fruits

Ce matin, il y a quelque chose de nouveau dans le Joli Bois : des feuilles jaunes. Les souris Sœurettes s'exclament à l'unisson : « Septembre est là ! Voici le temps des myrtilles, des framboises, des confitures ! »

Quelques instants plus tard, elles sortent de chez elles avec corbeilles et paniers.

Tous les ans, aux premiers jours de septembre, elles récoltent les fruits doux et parfumés du bois, aidées par quelques amis. Ensuite, elles en font des confitures. Toute la matinée, les souris Sœurettes vont et viennent sous les arbres et dans les buissons : « Venez ! Venez ! Ici, il y en a beaucoup !

– Par là ! Je n'ai jamais vu d'aussi grosses framboises !

– Courez vite ! Par ici, il y a des quantités de myrtilles ! »

A midi, corbeilles et paniers sont remplis à ras bords.

« Et maintenant, qui veut nous aider à faire la confiture ? demandent les souris Sœurettes. Peut-être Tortue ?

– Ah, toujours de la confiture ! Je ne peux plus en manger, moi, de la confiture ! Ça me fait grossir. Et si je grossis, j'éclate ! Ne voyez-vous pas mon vêtement étroit et rigide ? L'année dernière, j'avais tellement grossi que je n'arrivais même plus à rentrer dans ma carapace et j'ai attrapé des rhumes les uns après les autres !

– Mais cette année nous avons beaucoup de fruits et nous ne pouvons les jeter ! Que faire ?

– J'ai une idée ! Faisons un grand jus de fruits ! Je m'occuperai de tout. »

Et Tortue construit, avec l'aide de Castor, une étrange machine qui ressemble à une balançoire : en y regardant de plus près, on voit que c'est une machine à presser framboises et myrtilles !

« On met les fruits ici... on monte sur la balançoire, on se balance, on s'amuse... et le jus est fait ! »

"Qui m'aide à faire la confiture ?"

Les souris Sœurettes écarquillent les yeux et s'exclament à l'unisson : « Oooooh ! quelle merveille ! »

Le travail, qui est aussi un jeu, commence. Celui qui porte une corbeille de framboises ou de myrtilles gagne « un tour » sur la balançoire ; celui qui en porte deux gagne deux tours et ainsi de suite.

« Mais nous sommes trop légères pour monter sur la balançoire », protestent les fourmis. Les souris Sœurettes répondent :

« Vous écrirez les étiquettes pour les bouteilles, d'accord ? »

Bientôt, d'autres habitants du bois proposent leurs services : les bourdons n'ont pas récolté un seul fruit mais veulent compter les myrtilles ; Hérisson et Castor s'offrent comme dégustateurs, tandis que Sauterelle aide le pauvre Grillon, qui est malade, à boire son jus de fruits.

Chenille apparaît à la fenêtre de sa maisonnette-champignon, indécise comme d'habitude : « Que vais-je faire ? Je descends ou je reste là ? Le jus de fruits ne me plaît guère, mais ils ont tous l'air si joyeux ! J'aurais pu monter sur la balançoire... Non, j'ai le vertige. Que vais-je donc faire ? Descendre ou ne pas descendre ? »

D'autres corbeilles de fruits sont apportées. Sur la balançoire, travaillant et s'amusant, se succèdent Tortue, Hamster, Grenouille, Rat. Chaque fois que la planche s'abaisse, le baquet se remplit. Pendant ce temps, les souris préparent les bouteilles.

Lorsque, au soleil couchant, le ciel est devenu rouge et que la forêt s'est assombrie, le grand jus de fruits est terminé. Les souris Sœurettes ont rangé les bouteilles bien bouchées dans le buffet.

« Tortue a eu une excellente idée ! Nous aurons beaucoup de visites, cet hiver, pour déguster notre jus de fruits. »

Chenille s'est enfin décidée : « Mais oui ! je descends ! »

Lorsqu'elle arrive au pied du champignon, elle a une mauvaise surprise : la fête et le travail sont finis, il n'y a plus personne.

"...il ne faut pas dire où nous les rangeons. Taupe, qui est si gourmande, pourrait être tentée !"

Le sabot géant

Mais oui, la piscine est très belle. Pourtant, se baigner dans la rivière est beaucoup plus amusant. Certes, il faut savoir bien nager – dans et sous l'eau – plonger, descendre jusqu'à toucher le fond, remonter très vite et mettre sa tête hors de l'eau...

« Aïe, aïe, ma pauvre tête ! »

Revenant à la surface après un plongeon, Grenouille raconte qu'elle a cogné sa tête contre une chose cachée dans les roseaux et les feuillages.

« J'ai vu 36 chandelles », dit-elle. Regardant avec curiosité l'objet qui a provoqué sa bosse, elle remarque :

« C'est joli ! On dirait un sabot. Mais un sabot peut-il être aussi gros ? »

"Si on en faisait une barque ?"

En quelques instants la nouvelle se répand dans la forêt ; tous les curieux accourent et viennent voir. Renard entre dans le sabot, l'examine, le flaire longuement :

« Aucun doute, dit-il en sortant, il y a eu un pied là-dedans.

– Mais qui donc peut avoir un si grand pied ? demande Ourson.

– J'ai un peu peur..., murmure Lapin.

– Il ne faut pas avoir peur ! s'écrie Castor. Il y avait peut-être un pied dans ce sabot ; maintenant il n'y est plus et cet objet est à nous. Savez-vous ce que nous en ferons ?

– Qu'en ferons-nous ?

– Un bateau ! Oui, nous transformerons ce sabot en bateau, et nous ferons des croisières sur la rivière, jusqu'à l'étang ! Allons-y, les enfants ! »

Maintenant que nous les connaissons bien, nous savons que les habitants du Joli Bois ne reculent pas devant le travail. Les voici donc qui s'affairent de mille et une manières : les pics creusent les hublots et l'écoutille, les ratons préparent les montants pour le pare-soleil, les souris Sœurettes brodent la bannière du Joli Bois dont l'emblème est un bolet. Tant et si bien que le sabot est transformé en bateau.

« Un bateau n'est pas un bateau, s'il ne possède pas sa barque de sauvetage ! » dit très sérieusement Rat Noir qui s'y entend en navigation.

Alors, les sauterelles confectionnent une petite chaloupe qui est remorquée à l'arrière du bateau.

Voici venu le moment d'embarquer. Mais Fouine, Sauterelle et quelques autres ne veulent pas monter à bord.

« Venez ! dit Tortue. Vous ne savez pas ce que vous perdez !

– J'ai trop peur, répond Fouine.

– De quoi ? De l'eau ?

– Non.

– Du sabot ?

– Non plus !

– Et alors ?

– Je ne sais pas. Ça me déplaît. C'est certainement amusant, mais... »

Cigale entonne l'Hymne du Gros Sabot qu'elle a composé pour l'occasion ; Ourson et Marmotte, qui sont les plus robustes, se proposent

"Etes-vous sûrs que cette hélice fonctionnera ? Ne serait-il pas prudent d'emporter des rames ?"

pour traîner l'embarcation qui commence à remonter le ruisseau. Loutre contrôle le bateau sous l'eau. C'est merveilleux de voir le sabot naviguer sur l'eau limpide ! A bord, on s'amuse. Quel plaisir de voyager ainsi !

Les souris Sœurettes déclarent : « Ah ! la belle croisière ! »

Cependant, on ne peut exiger d'Ourson et de Marmotte qu'ils traînent toujours le bateau. Il est juste qu'ils s'amusent eux aussi. Mais s'ils ne sont pas là pour tirer, comment naviguer ? Les grenouilles ont une idée ; elles inventent et construisent une étonnante machine : une hélice, mise en mouvement par un système de roues et de cordes, grâce à l'énergie fournie par deux cyclistes !

A partir de ce moment, le « Sabot Géant » (c'est le nom du bateau) peut naviguer sans être traîné. Inutile de dire qu'Ourson et Marmotte sont parmi les plus contents...

Cependant, de temps en temps, entre deux croisières, quelques habitants du Joli Bois se demandent anxieusement :

« A qui donc a pu appartenir un aussi grand sabot ? »

Un étrange pique-nique

De temps à autre, les habitants du Joli Bois sont invités par les souris Sœurettes, pour un thé avec petits gâteaux (hum... c'est peut-être une excuse pour faire de bons goûters toutes les semaines, sans être soupçonné de gourmandise).

Quoi qu'il en soit, aujourd'hui les souris ont réussi une tourte remarquable : sucre, farine, levain, vanille et œufs ont été mélangés et dosés à la perfection.

Il est normal que les trois sœurs aient pensé à inviter leurs amis. Cependant, cette fois, elles n'ont pas voulu inviter Rat Noir et Tortue, qui, en un clin d'œil, miam miam, dévorent tout ; elles ont donc invité les habitants du Joli Bois les plus petits et les plus délicats : coccinelles, cigales, sauterelles, bourdons et fourmis, sans compter leurs neveux les ratons. Comme c'est une belle journée ensoleillée, elles décident de faire un pique-nique dans le pré aux campanules.

On arrange les nappes et les assiettes ; les souris préparent des tranches de tourte et des petits verres de jus de myrtille et de framboise ; soudain, le soleil disparaît et le vent se met à souffler très fort. Tout le monde regarde en l'air : le ciel, bleu jusqu'à tout à l'heure, s'est rempli de gros nuages noirs.

Un orage se prépare. « Oh, notre pauvre pique-nique ! » s'exclament les souris Sœurettes.

"Aidez-moi ! Mon chapeau s'envole !
Attention à la théière ! Quel vent !"

A ce moment-là, arrivent Grenouille, Taupe et Hérisson.

Ils voient les souris et leurs invités mettre rapidement dans les paniers, nappes, assiettes, verres et tranches de tourte.

« Que se passe-t-il ?

– Oh, nous avions organisé un pique-nique dans le pré, mais cette tempête va tout emporter !

– N'ayez crainte, nous savons comment faire, n'est-ce pas les amis ? » dit Grenouille.

Taupe et Hérisson répondent :

« Certainement ! Prenez toutes vos affaires, sans oublier la tourte, et suivez-nous ! »

Alors que le vent souffle de plus en plus fort, ils se mettent en route, à la suite de Grenouille, Taupe et Hérisson. Traversant le petit pré, ils arrivent à la lisière du bois et trouvent là, abandonnés, deux bouteilles et un bocal de verre, bien lavés par la pluie et bien séchés par le soleil.

« Entrez là et vous serez à l'abri ! dit Grenouille.

– Quelle merveilleuse trouvaille ! » s'écrient les souris Sœurettes. Déjà les fourmis, sans perdre une minute, préparent de petites échelles qui leur permettront de s'introduire dans les bouteilles ; dès qu'ils sont à l'intérieur, Grillon et Coccinelle découvrent qu'on peut faire des glissades dans le goulot des bouteilles ! Oui, vraiment, les habitants du Joli Bois trouvent toujours le moyen de se divertir.

Cigale se met à chanter ; et, alors que le vent continue de souffler et que le ciel s'assombrit de plus en plus, dans les bouteilles et dans le bocal, tout le monde est content, et le pique-nique est plus gai que jamais.

« Vous méritez une récompense ! » déclarent les souris Sœurettes à Grenouille, Taupe et Hérisson, trop gros pour entrer dans ces abris ; chacun reçoit alors une belle tranche de tourte. Le jour suivant, Fourmi nº 38 a une excellente idée :

« Nous devrions essayer de transformer cette bouteille en serre.

– Qu'est-ce qu'une serre ? demande Fourmi nº 65.

– C'est un espace clos qui protège les plantes du vent, du froid et de la pluie. Nous pourrions y semer et cultiver en toutes saisons. »

Et depuis ce jour, dans les bouteilles transformées en serres, les fourmis récoltent tous les légumes possibles et imaginables.

"...Quelle chaleur ! j'ai l'impression d'être dans une vraie serre !"

35

Le gourmand

Un beau matin de mai, de grands bruits de froissements d'ailes se font entendre ; puis un immense pépiement s'élève de la clairière ensoleillée. Chacun sait immédiatement de quoi il s'agit :

« Les cailles ! Les cailles sont revenues ! »

Après avoir passé l'hiver dans des terres lointaines au climat toujours chaud, les cailles sont de retour. Par centaines, elles agitent leurs ailes en signe de salut, et partent aussitôt à la recherche de leurs anciens nids et de graines. La forêt sera encore plus joyeuse avec les cailles.

Mais il y en a une qui n'est pas très friande de graines : elle préfère les douceurs, les galettes, les tourtes, et spécialement celles que préparent les souris Sœurettes.

A vrai dire, il s'agit d'une caille mâle, que l'on a surnommé Plouf : il est si grand et si gros que lorsqu'il

"... regarde ! Tes amis partent !"

atterrit, il fait un « plouf ! » retentissant, au lieu du léger bruit de ses compagnes. Il lui arrive même de tomber dans l'eau, alors qu'il désire se poser sur l'herbe ! Ses amis doivent souvent se mobiliser pour lui venir en aide : un jour, ils l'ont traîné sur la rive à moitié mort, et il a fallu pratiquer le bouche à bouche, ou plutôt le bec à bec !

Plouf est bien sympathique. Il raconte ses voyages, les pays qu'il a visités, les dangers encourus. Il le fait si bien, qu'on l'écoute émerveillé.

« ... Une fois, en Afrique, raconte-t-il, je vois un chasseur qui me vise. Je me baisse, les plombs passent à un centimètre de ma tête : je me baisse encore et je m'aperçois que je suis devant la gueule ouverte d'un serpent ! Je me relève, le serpent s'approche pour me dévorer et le chasseur tire encore... Me croirez-vous ? Au lieu d'une caille, le chasseur a tué un serpent ! »

Il est si agréable d'écouter Plouf, que tout le monde l'invite pour un repas ou pour un goûter ; et Plouf – grand repas aujourd'hui, grand repas demain – est devenu gros et gras. Aux premières couleurs de l'automne, les cailles se préparent à repartir ; Plouf est si lourd qu'il ne parvient pas à prendre son envol. Il essaie : il déploie ses ailes, les agite, se soulève un peu, et « plouf ! », il

tombe par terre avec sa grosse bedaine !

Comment faire ? Retarder le voyage est impossible ; il y aura trop de tempêtes au-dessus de la mer. Il faut absolument partir ! Mais on ne peut abandonner Plouf.

Tout le monde réfléchit ; Rat Noir se frappe le front :

« J'ai une idée ! Je me souviens d'avoir vu, un jour, un cerf-volant descendre dans un pré : comme c'était beau, comme il volait bien ! J'en ai fait un croquis... attendez, je cours le chercher et je reviens tout de suite ! »

Quelques minutes plus tard (des groupes de cailles s'envolent déjà), Rat Noir est de retour. Les habitants du Joli Bois ont compris son idée et se mettent aussitôt au travail : ils assemblent ici, collent là, coupent en dessus, raccourcissent en dessous. Grâce à la participation de tous, et particulièrement des fourmis et des bourdons, un magnifique cerf-volant est construit.

« Qu'allez-vous en faire ? demande Plouf apeuré.

— Te ligoter au cerf-volant, afin que tes sœurs les cailles t'entraînent dans le ciel jusqu'en Afrique.

— Mais j'ai peur ! Je ne suis jamais monté sur un cerf-volant !

— D'accord, mais le froid arrive, tu ne peux pas rester ici. Et pour réussir à voler... eh bien, tu devrais rester sans manger pendant au moins une semaine !

— A jeun une semaine ? Jamais ! » s'écrie Plouf. On l'attache enfin au cerf-volant. C'est difficile de le faire décoller ; mais grâce aux efforts des bourdons et à l'aide du vent, Plouf s'élève pendant que les cailles se préparent à traîner le cerf-volant.

« Adieu, merci ! » crie Plouf. Nous nous reverrons l'an prochain ! Préparez de bonnes tourtes !... »

Les cailles s'éloignent en battant des ailes, et bientôt, le cerf-volant n'est plus qu'un minuscule point dans le ciel.

« Pauvre Plouf ! soupirent les trois souris Sœurettes. Fera-t-il un bon voyage ?

— Il fera un excellent voyage. Et les animaux d'Afrique lui feront fête ! répond Castor. Mais s'ils ne lui préparent pas un cerf-volant, eux aussi, pour le retour, nous ne reverrons plus jamais Plouf chez nous ! »

Un manteau
pour les faons

Il neige sans arrêt depuis une semaine ; le bois est devenu blanc et silencieux. Les oiseaux se sont réfugiés dans leurs nids ; certains, comme Loir, Blaireau et Ecureuil, se sont enfermés chez eux.

Enroulés dans leurs couvertures, ils ont commencé leur hibernation, c'est-à-dire un long et doux sommeil qui durera jusqu'au printemps.

Cette saison blanche et froide est très agréable pour eux et pour les souris Sœurettes ; celles-ci n'hibernent pas, mais elles travaillent pour rendre leur maison toujours plus belle et accueillante. Elles astiquent leurs meubles, préparent des conserves, tricotent, raccommodent le linge ; cette année, elles confectionnent un joli tapis pour le salon. Les souris Sœurettes sortent quelquefois pour se procurer un peu de farine ou de miel.

Un jour, pour avoir du miel, une des trois sœurs, tout emmitouflée, traverse la forêt pour aller chez Coq de Bruyère. En échange d'un bocal de graines de tournesol, elle reçoit un pot de miel doré que Coq de Bruyère a reçu des abeilles.

Elle s'en retourne à la maison, lorsqu'elle entend des gémissements plaintifs près d'un buisson. Ce sont deux petits faons, un mâle et une femelle, qui tremblent de froid. L'hiver est agréable pour les animaux qui hibernent et pour les souris Sœurettes, mais pas pour les faons et les chevreuils, qui sont exposés au froid et ne savent plus que manger ! La neige a recouvert l'herbe jaunie. Avoir faim et froid : quelles choses terribles ! Si, en creusant avec leurs sabots, les petits faons peuvent trouver quelques brindilles à brouter, il leur est bien

"Venez à la maison ... nous verrons ce que nous pourrons faire ..."

plus difficile de lutter contre le froid. Voilà pourquoi les deux animaux tremblent et gémissent.

« Oh ! s'apitoie la souris, prenez du miel, ça vous donnera des forces. »

Les deux faons mangent tout le pot de miel et remercient la souris qui leur dit :

« Je n'ai rien d'autre pour vous, mais venez jusque dans notre maison et nous verrons ce que nous pourrons faire, mes sœurs et moi. »

De retour chez elle, elle raconte à ses deux sœurs ce qu'elle a vu ; à la fin de son récit, les souris ont les yeux remplis de larmes. « Comment pourrions-nous aider ces pauvres faons ?

– Ils sont trop grands pour entrer dans notre maison ; sinon nous aurions pu leur offrir l'hospitalité jusqu'au printemps !

– C'est vrai ! c'est vrai !

– Voyez-vous, ils souffrent plus du froid que de la faim !

– J'ai une idée ! Plutôt que de faire un tapis pour le salon, pour-quoi ne ferions-nous pas des manteaux pour ces pauvres bêtes ?

– Des manteaux pour les faons ! Quelle merveilleuse idée !

– Allons, au travail ! »

Aussitôt dit, aussitôt fait : les trois sœurs transforment le tapis et en font deux manteaux pour les faons, plus un bonnet pour la petite femelle. Elles travaillent gaiement ; l'hiver n'a jamais été aussi beau pour elles.

Quelques jours plus tard, on frappe légèrement à la porte ; les souris ouvrent ; apparaissent alors deux museaux humides et quatre yeux ronds pleins d'espoir : ce sont les faons.

« Ah, vous êtes là ! s'exclament en chœur les souris. Nous venons de terminer. »

Un moment après, d'étranges animaux se déplacent dans le bois tout blanc de neige. Quel dommage que Loir, Taupe et Ecureuil manquent ce joli spectacle : deux faons aux manteaux colorés gambadent avec bonheur dans la neige !

"Ça tient chaud et c'est joli !" pense le petit faon femelle, ravi aussi de son bonnet rose.

La grande inondation

Une nuit, un grand coup de tonnerre retentit dans le ciel. Certains habitants du bois dorment si profondément qu'ils n'ont rien entendu ; d'autres ouvrent un œil, et après s'être enroulés dans leurs couvertures, se rendorment aussitôt. Quelques-uns écarquillent les yeux et pensent : « Un coup de tonnerre ? On se croirait en avril ! C'est un peu tôt pour les orages ; le printemps est encore loin ! » Sur le pas de leur porte, ils regardent le ciel couvert de gros nuages si noirs qu'ils laissent à peine filtrer la lumière de la lune. Soudain, il commence à pleuvoir. Chacun comprend alors que ce n'est pas une pluie comme les autres.

En effet, il pleut jusqu'à l'aube, et pendant toute la journée et la nuit suivante, et pendant le jour et la nuit, et le jour et la nuit d'après ; il pleut sans un instant de répit ; le terrain est tout détrempé, le peu de neige qui reste a fondu, la terre disparaît sous une nappe d'eau.

« Ça ne peut pas durer ainsi, ça va bientôt s'arrêter ! » dit quelqu'un.

Or, bien au contraire, il continue de pleuvoir. Les ruisseaux se transforment en torrents, les étangs en lacs. La nappe d'eau s'agrandit.

Taupe est la première à devoir quitter sa maison.

« Pour un peu, je me noyais ! Toutes mes chambres, tous mes couloirs sont inondés, dit-elle en s'agrippant à un arbre.

– Les choses vont mal ! grommelle Corbeau. Il faut organiser une assemblée. »

Le Grand Conseil ordonne donc la réunion d'une assemblée générale ; pendant que les habitants soucieux discutent, la pluie continue à tomber furieusement. L'eau arrive déjà aux portes des maisons.

« Il faut construire un grand radeau, et nous monterons tous dessus en attendant que la pluie cesse ! » propose Écureuil.

Castor secoue négativement la

"Apporte aussi la malle de Grand-Mère ! Et n'oublie pas mon tricot !"

tête : « Trop tard ! Nous n'avons plus le temps !

– Et alors ? demandent, angoissées, les souris Sœurettes.

– Alors, formons des groupes, et que chaque groupe se procure une embarcation. Nous devons absolument partir d'ici.

– Et où irons-nous ?

– Vers les collines, là où l'eau ne pourra pas nous rattraper. En avant, les amis ! »

Pendant que la pluie continue de tomber, les maisons sont évacuées, et chaque groupe trouve son embarcation. Les fourmis ont leur coquille de noix, les souris Sœurettes le nid offert par Merle, Hamster s'est installé sur Tortue, Sauterelle et Coccinelle se sont embarquées sur une vieille boîte trouvée on ne sait où ; pour les grenouilles, un tronc suffit ; quelques habitants du Joli Bois montent dans le « Sabot Géant ». Escargot s'est procuré un petit bateau de papier, les hérissons une boîte de conserve ; Loutre fait avancer la boîte où ont pris place les ratons et Loir qui, naturellement, s'est endormi, la bouée de sauvetage autour du ventre.

Cela ressemble à une migration.

Les animaux sont un peu effrayés et mélancoliques, car ils abandonnent leurs maisons ; mais Cigale joue un air de guitare qui leur redonne courage. Les oiseaux précèdent l'expédition et l'encouragent : « Allez-y ! Ramez ! » Ils avancent toujours ; mais la pluie qui tombait sans interruption finit par cesser. Tout le monde pousse un grand soupir de soulagement ; et quand Blaireau s'écrie : « Eh, les amis, regardez en l'air ! » chacun remarque que l'épaisse couche de nuages qui cachait l'azur disparaît çà et là, laissant passer un faible rayon de soleil.

« Hourra ! le mauvais temps est terminé ! Hourra !

Le pire est passé. Mais... mais où sont donc arrivés nos amis ? A l'abri, certes, au milieu des arbres, des buissons et des roseaux, dans une autre partie de la forêt. Or, il fait nuit. Rat Noir scrute l'horizon. Tout à coup, il sursaute :

« Ce n'est pas possible ! Voyez-vous ce que je vois ? »

« C'est incroyable ! » répondent les souris Sœurettes. Rat Noir n'en croit pas ses yeux. Mais qu'a-t-il vu de si étrange ? Nous le saurons dans un prochain livre...

...il m'a semblé voir glisser une barque sur laquelle ramait un être étrange avec un grand chapeau...

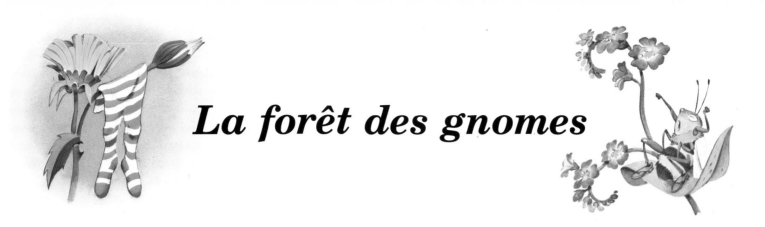

La forêt des gnomes

« Regarde ! Qu'est-ce que c'est ?

– Où ça ?

– Là-bas, sur la berge, dans l'herbe.

– Oh, mais c'est un écureuil ! Il s'est noyé, le pauvre !

– Allons voir !

– Oui, oui ! Vite ! »

Qui parle ainsi ? Ce sont deux gnomes. Ils courent vers la rivière, là où gît Ecureuil, tout mouillé, son ventre blanc gonflé d'eau. L'un des gnomes se penche vers lui et tâte son cœur :

« Il n'est pas mort ! s'écrie-t-il. Son pouls bat faiblement, faisons-lui la respiration artificielle ! »

Pendant que l'un des gnomes lève et abaisse les bras d'Ecureuil (ses pattes antérieures, bien entendu !), l'autre appuie sur sa poitrine à un rythme régulier. Ils font cela long-temps, jusqu'à ce qu'Ecureuil arti-

cule : « Bloup bloup bloup ! » et ouvre les yeux.

« Sais-tu dire autre chose ? Qui es-tu ? D'où viens-tu ? »

Ecureuil secoue la tête et s'as-sied :

« Qui suis-je ? dit-il. Et vous donc, qui êtes-vous, avec vos barbes et vos bonnets rouges ?

– Nous sommes des gnomes, répondent-ils. Nous habitons ici, dans la Forêt Profonde. Mais toi, d'où arrives-tu ? Nous ne t'avons jamais vu par ici !

– Oh, gnomes, soyez gentils, aidez mes compagnons !

– Tes compagnons ? Mais qui sont-ils ? »

Ecureuil raconte alors comment tous les petits animaux du Joli Bois ont fui une terrible inondation et se sont dirigés vers cette partie de la forêt : « Ils m'ont envoyé en éclaireur

"...arrêtez, vous me faites des chatouilles !"

"Est-ce que les Gnomes cultivent des carottes ?" se demande Lapin.

pour explorer le chemin, mais j'ai été pris dans un tourbillon et ma petite barque s'est retournée. Si vous n'aviez pas été là... brrr !

– N'aie pas peur ! Allons plutôt chercher tes amis », dit l'un des gnomes. Et l'autre d'ajouter :

« Oui, je vais chercher une barque et je vous rejoins ! »

Peu après, les gnomes et Ecureuil arrivent sous un grand arbre qui est presque entièrement recouvert par les eaux ; plusieurs embarcations des habitants du Joli Bois sont enchevêtrées dans ses branches. Maintenant que le niveau de l'eau a baissé, embarcations et petits animaux sont restés accrochés dans l'arbre.

« Descendez, n'ayez crainte, vous êtes sauvés ! crient les gnomes.

– Qui êtes-vous ? Où sommes-nous arrivés ? demandent les petits animaux du haut de l'arbre.

– Nous sommes des gnomes et vous êtes dans notre pays. Venez !

– Peut-on avoir confiance ? murmurent les trois souris Sœurettes.

– Moi, je réponds oui », dit Hérisson.

Ecureuil, qui a retrouvé sa vivacité, saute sur l'arbre et leur crie :

« Venez ! Ce sont des amis, ils m'ont sauvé ! Descendez tous ! »

Rassurés, les petits animaux commencent à descendre de l'arbre, à l'aide de cordes ou de draps noués ; les grenouilles se préparent à plonger. L'un des gnomes demande :

« A qui appartient ce chapeau ?

– C'est celui de Corbeau ! répond Rat Noir. Se serait-il noyé ?

– Corbeau, où es-tu ? T'es-tu noyé ! » s'écrient-ils tous ensemble.

Personne ne répond. Tortue dit : « J'ai compris. Corbeau a perdu son chapeau et s'est caché pour ne pas montrer sa tête pelée ! »

C'est un éclat de rire général ; le seul à ne pas rire est Loir : il continue tranquillement à ronfler. « Tant que j'ai ma bouée... », a-t-il pensé avant de s'endormir.

Ils sont tous descendus, confiants, et serrent avec reconnaissance les mains des gnomes.

« Chargez tout sur notre barque, et montez ! » disent ceux-ci. Pendant ce temps, d'autres barques avec d'autres gnomes approchent et peu à peu tous les habitants du Joli Bois se retrouvent sains et saufs, sur la terre ferme, terre qui va devenir leur nouveau pays.

La course des charrettes

Deux mois ont passé. Le printemps est fini, et l'inondation n'est plus qu'un lointain souvenir. Les petits animaux du Joli Bois se sont habitués à vivre dans la Forêt Profonde et s'entendent très bien avec leurs nouveaux amis : les gnomes sont travailleurs, patients, et surtout très gentils. Si gentils qu'ils ont fabriqué des... Mais n'allons pas trop vite. Oui, faisons comme les tortues.

Pauvres tortues ! Maintenant qu'il fait beau et chaud, tout le monde va se baigner dans la rivière ; elles n'arrivent pas à suivre les autres, et parviennent au bord de l'eau tout en sueur, alors que leurs amis, déjà en train de se sécher, se préparent à rentrer.

« Nous ne pourrons jamais être aussi rapides que vous, se lamente Tortue.

– Pourquoi pas ? réplique Abeille. Nous pourrions en parler aux gnomes !

– Mais que peuvent faire les gnomes ?

– On ne sait jamais, on ne sait jamais ! »

C'est bien vrai : on ne sait jamais.

En effet, les gnomes ont eu pitié des tortues et ont décidé de faire quelque chose pour les aider. A force d'y réfléchir, ils ont trouvé.

Un beau jour, Géranium, le gnome-menuisier, appelle les tortues et leur dit :

« Ne vous lamentez plus ! A partir d'aujourd'hui, vous irez aussi

"Ouf ! je suis fatiguée. je n'en peux plus !"
"Mais nous venons de partir", dit Abeille.

vite que des lièvres ; et même encore plus vite, peut-être !

– Comment est-ce possible ?

– C'est très simple ! Regardez ceci ! »

Géranium leur montre des charrettes à quatre roues bien huilées, qu'il a fabriquées avec ses aides :

« Voilà. Vous pouvez monter dessus ! Qui veut essayer ?

– Moi ! s'écrie une tortue (la plus lente de toutes...).

– Très bien ! Monte sur la charrette... Voilà ! Maintenant, essaie de la faire avancer avec tes pattes, en les posant par terre et en poussant fort ! Oui, comme cela !

– Youpiiii ! » crie la tortue : elle part sur la charrette, prend de la vitesse, toujours plus, et parcourt un grand bout de chemin : « Youpiiii ! Je m'envole ! » crie-t-elle encore ; elle disparaît après un tournant.

« Ooooh ! » s'exclament les autres tortues, stupéfaites ; les gnomes leur répètent en souriant : « Qu'est-ce qu'on vous avait dit ? »

Commence alors la fabrication (sur mesure) des charrettes : charrettes rapides, charrettes de tou-risme, charrettes de transport. Tous les animaux du Joli Bois veulent éprouver l'ivresse de la vitesse (de temps à autre, ceux qui ne s'agrippent pas assez font des culbutes !).

Que d'émotions dans la forêt ! Et quelle joie pour les tortues ! A tout instant, on entend crier « Piste ! Piste ! » et si l'on ne prend pas garde de se mettre sur le côté, on risque d'être renversé par une tortue dévalant le sentier, avec à son bord un bourdon, ou une cigale, ou un grillon.

De là à organiser une véritable course, il n'y a qu'un pas, vite franchi. Le Grand Prix de l'Arbre est créé, dans l'enthousiasme général. Quand le signal du départ est donné, les tortues, chacune ayant son numéro, s'élancent, rapides comme l'éclair, négocient les courbes, franchissent les côtes, et se livrent bataille dans les lignes droites. Personne n'a jamais pensé que des tortues pourraient filer aussi vite sur les chemins ! Si vite que certaines d'entre elles, après une première chute et une première bosse, ont jugé bon de se faire un casque avec une belle citrouille !

"Comment vas-tu freiner ?" demande Bourdon à la tortue N°6.

Pictor Optimus

Il y a un grand va-et-vient dans les sentiers de la forêt ; à tel point que les gnomes ont décidé de préparer des panneaux pour régler la circulation. Il est nécessaire d'être prudent, afin de ne renverser personne ; l'autre jour, par exemple, une tortue n'a pas freiné à temps : elle est tombée dans le trou d'une taupe et on a dû la conduire à l'infirmerie !

Glycine, le gnome-peintre, et son élève ont beaucoup de travail ; de même que la grenouille nommée responsable du trafic routier.

« As-tu bien compris ? dit-elle à une tortue venue essayer un nouveau modèle de trottinette. Quand tu vois ce panneau, tu ralentis : il faut laisser passer les escargots.

"N'êtes-vous pas lassées de jouer toujours au même jeu?"

Quand tu vois celui-là, tu changes de route : car la circulation est interdite aux trottinettes. Compris ? Attention : il y aura de fortes amendes pour les indisciplinés ! »

D'autres panneaux sont préparés : pour indiquer les zones où il est interdit de cueillir des fleurs, celles où les champignons sont vénéneux. Et il est recommandé de ne jamais allumer de feux dans la forêt : un incendie serait terrible !

Cependant, on ne se limite pas aux panneaux de signalisation routière. Les coccinelles adorent jouer à la marelle (ce jeu consiste à sauter d'une case numérotée à l'autre). Mais elles voudraient essayer de nouveaux jeux. Alors Glycine, avec de la peinture rouge, efface toutes les taches noires de leurs ailes, puis les repeint en dominos avec de la peinture noire ! Il a également repeint les caleçons de bain de Grenouille !

Glycine est donc peintre : *Pictor optimus,* « peintre excellent », comme il est indiqué, en latin, sur la poutre de son atelier. C'est lui qui a fait ce beau portrait d'un ancêtre gnome à la barbe blanche. Vous pouvez le voir en haut de la page, à gauche.

Glycine voudrait voir le monde entier avec des couleurs ; un jour, Belette vient lui rendre visite avec un panier rempli d'œufs.

« Glycine, dit-elle, ces œufs, je les ai vol... c'est-à-dire, on me les a prêt... enfin, je les ai reçus en cadeau de certains oiseaux amis. Je voulais les manger ce soir, mais comme on m'a dit que tu es très doué pour les décorer, je te les amène ; si tu les peints, je pourrai les garder chez moi comme bibelots, ou en faire cadeau à mes amis pour Pâques.

– D'accord, répond Glycine. En échange d'un pot de marmelade que tu sauras certainement... hum, te faire offrir par tes amis, je te décorerai ces œufs. »

A ce moment-là passent des phalènes (ce sont, comme vous le savez, des papillons de nuit) et Glycine en les voyant s'exclame :

« Ah non ! Non ! Ça ne va pas !

– Qu'est-ce qui ne va pas ? demandent les phalènes.

– Mais, vos ailes grises et sans couleur ! Quand on sort le soir, on met ses plus beaux habits ; et vous, vous allez vous promener ainsi ?

– Et que pouvons-nous faire ?

– Venez dans mon atelier ! J'ai un ami gnome qui habite dans une forêt française : il m'a envoyé de splendides modèles d'ailes pour papillons, à la dernière mode parisienne ! Regardez ! » Et Glycine leur montre des ailes aux merveilleuses couleurs.

« Oh, quelle beauté ! Et tu... tu peux peindre des ailes comme celles-ci ? demandent les phalènes.

– Mais certainement ! Un pot de miel, quelques noix, trois pommes de pin, et l'affaire est faite ! »

Peu après, les phalènes se pavanent avec leurs ailes multicolores ; la mode parisienne a également conquis les insectes : scarabées, hannetons, criquets, etc.

Des concours sont organisés pour savoir lequel est le plus élégant, le plus original ou le plus éblouissant.

"Moi j'ai préféré un costume sombre à pois rouges : je parais plus svelte !"

L'ascenseur

Au fin fond de la Forêt Profonde, il y a beaucoup d'endroits charmants et les animaux du Joli Bois ont chacun trouvé une maison. Les souris Sœurettes et tous ceux qui habitaient autrefois avec elles dans un vieux chêne déraciné ont décidé de rester voisins. C'est pourquoi, dans un grand arbre creux mais encore sur pied, ils ont creusé, raboté, scié, et construit quatre petits appartements. Pour grimper d'un étage à l'autre, ils utilisent une échelle à barreaux.

Un jour, Rat Noir escalade l'échelle pour rendre visite à son neveu Raton ; et voici ce qui arrive : un barreau de l'échelle – crac ! – se brise brusquement.

« Aïe ! ma pauvre jambe ! »

On accourt ; Rat Noir s'est vraiment fait mal : sa jambe est cassée. Castor lui met deux attelles, puis lui fabrique une paire de béquilles. A ce moment-là survient Géranium, le gnome-menuisier.

« Je vois, dit Géranium, il faudra trouver une solution ; car lorsqu'on monte et descend sur une échelle à barreaux, un accident peut toujours survenir. Je vais y réfléchir. »

Deux ou trois jours après, on voit arriver devant la grande maison (fort bien située près d'une rivière) quelques gnomes guidés par Géra-nium : ils apportent des pieux, des planches, des poulies, des cordes, des marteaux, des clous, etc.

« Qu'avez-vous l'intention de faire ? interroge Ecureuil.

– Un ascenseur, répond Géra-nium.

– Un... quoi ?

– Tu ne sais pas ce qu'est un ascenseur ?

– Non.

– C'est un système qui sert à transporter les gens en haut et en bas. Vous verrez bientôt. »

Les gnomes se mettent au travail, et, au grand étonnement des animaux, au bout de trois jours l'ascenseur est prêt à fonctionner.

"As-tu vu le vol plané de Rat Noir ?"

« Mmmm ! dit Grenouille. Quel parfum ! On s'y baignerait volontiers ! »

Entre temps, Hérisson s'est approché d'un gnome en train d'attiser un feu, sur lequel chauffe un étrange récipient de cuivre, avec un tube en spirale débouchant dans un vieux tonneau.

« Et là, que fais-tu ? demande Hérisson, très intrigué.

— Je fais de l'eau-de-vie de pomme.

— Qu'est-ce que l'eau-de-vie de pomme ? »

Le gnome en remplit un petit verre et l'offre à Hérisson : « Goûte ! »

A la première gorgée, Hérisson écarquille les yeux ; à la seconde, il toussote ; à la troisième, il s'écrie :

« Comme c'est fort !

— Certes ! C'est pourquoi nous la buvons l'hiver, quand il fait froid. Il y a même, parmi nous, un dégustateur d'eau-de-vie. Viens, je vais te le présenter. »

En effet, dans la cave voisine, se tient le gnome-dégustateur. Sa tâche est difficile et délicate : c'est à lui de dire si une eau-de-vie est à point, si elle a suffisamment vieilli, si elle est trop forte, etc. Il porte un bonnet spécial et, pour boire, se sert d'une petite tasse d'argent. Naturellement, son nez est toujours très rouge, et le serait bien plus encore, si le gnome-magicien ne le soignait pas avec une certaine pommade dont nous parlerons plus tard.

« Que de verres, sur cette table ! s'étonne Hérisson. A quoi servent-ils ?

— Pour chaque sorte de cidre ou d'eau-de-vie, il faut un verre différent, explique le gnome-dégustateur.

— Et dire que je ne le savais pas ! J'ai appris tant de choses aujourd'hui ! J'ai même découvert que les pommes peuvent se boire ! »

"Hic ! C'est la dernière que je goûte. Sinon je n'arriverai pas à rentrer chez moi !"

La pommade miraculeuse

Gentiane, le gnome-magicien, est en train de travailler dans son laboratoire, lorsqu'il entend un grand bruit, « patatras ! », venant de la chambre voisine. Il accourt, et trouve le gnome Genêt, son assistant, assis par terre, sous une étagère ; plus exactement sous un bocal renversé d'où s'écoule un épais liquide jaune.

« Genêt ! s'écrie Gentiane. Qu'est-ce qui t'arrive ?

– Pauvre de moi ! Je voulais prendre un petit pot là-dessus... et j'ai glissé ! En tombant, j'ai renversé ce bocal et son contenu a coulé sur ma tête !

– Je vois ! C'est la pommade contre le nez rouge, que je prescris au gnome-dégustateur. Mais pourquoi ne te relèves-tu pas ?

– Je suis si honteux que je ne peux me relever.

– Quel sot ! Allons, lève-toi et va te laver la tête ! »

Genêt obéit.

Quelques secondes plus tard, le gnome-magicien entend un cri venant de la chambre voisine : « Qu'y a-t-il encore ? » Il se précipite et reste stupéfait : Genêt, qui n'avait plus que quelques cheveux sur le crâne, a maintenant une belle chevelure épaisse !

« Mais... mais... mais... », balbutie Gentiane.

Et Genêt s'écrie : « Mes cheveux ont repoussé ! La pommade contre le nez rouge fait pousser les cheveux ! C'est la découverte du siècle ! »

Quelques jours plus tard, la forêt est en ébullition. Le bruit s'est répandu que le gnome Genêt a mis en vente une pommade-miracle contre la calvitie : « Trois francs-coquillages le flacon ! Oui, messieurs, je vous le garantis. Un peu de cette pommade, et vos cheveux repousseront, comme les miens ont repoussé ! Avancez, avancez, n'hésitez pas ! »

"Qu'as-tu encore fait ?"

Arrive alors Rat Noir qui n'a plus que ses favoris blancs ; arrive Renard qui a sa queue toute pelée, et arrive Corbeau :

« Croâ je dis et croâ je répète, croâ ! Je pourrai enfin me promener sans mon chapeau melon ! »

Arrive Grenouille, et arrive Hérisson qui a mal compris et croit que Genêt vend une eau-de-vie spéciale. Arrive, tout vexé, le gnome-magicien ; il attend son tour, et pense :

« Ah ! quelle honte ! Acheter *ma* pommade à mon assistant ! »

En quelques minutes, poils et cheveux repoussent chez chacun. Ils sont tous heureux et contents. Mais... car il y a un mais...

Mais deux jours après, Genêt, enlevant son bonnet pour peigner ses cheveux, voit avec surprise que son crâne est à nouveau dégarni !

« Comment est-ce possible ? Mes beaux cheveux !... Où sont-ils partis ? Mais alors... »

Eh oui ! Alors, le jour suivant, on voit arriver Rat Noir, Taupe, Renard et Corbeau : « Regarde ! disent-ils. Nous sommes pelés comme avant !

– Croâ je dis et croâ je répète, croâ ! Rends-nous nos francs-coquillages. »

Tristement, Genêt rembourse tout et ferme boutique. La pommade contre le nez rouge fait repousser les cheveux... mais ils tombent au bout de quelques jours. Dommage ! Adieu cheveux !

Genêt retourne tout penaud au laboratoire.

« Il vaut mieux que nous gardions notre tête pelée et que nous cherchions des remèdes pour les sourds ou pour les myopes, lui dit Gentiane. Prends ce gros livre, Genêt, et remettons-nous au travail ! »

"Je dois faire quelque chose, car j'entends de moins en moins", dit le Gnome-magicien.

Voyage en montgolfière

Vous souvenez-vous des cailles qui quittaient à chaque automne le Bois Joli pour les pays chauds ? Et de Plouf le gourmand, si gros et si gras, qu'il n'arrivait plus à s'envoler ? Eh bien, les voici de retour. Et Plouf a suivi une cure d'amaigrissement !

« Oui, oui, dit-il, je vole très bien maintenant, et je n'ai plus aucun problème. J'en ai fait des voyages ! J'en ai vu des pays ! Alors que vous autres, vous ne voyez jamais rien.

– Mais, murmure Taupe, nous avons fait un voyage, du Joli Bois jusqu'à la Forêt Profonde...

– Ah, ah, ah, laissez-moi rire ! Moi je parle de vrais voyages, dans

La dernière fois que je suis allé en Afrique...

le ciel ! Je parle de passer de l'Europe à l'Asie, de l'Asie à l'Afrique ! Ce n'est rien du tout, le Joli Bois et la Forêt Profonde, ah, ah ! »

Devant les éclats de rire de Plouf, les petits animaux sont un peu décontenancés, les gnomes aussi, qui déclarent :

« Nous sommes habitués à notre forêt ; voir de nouvelles terres ne nous intéresse pas. Cependant, si vous avez envie de voyager...

– Si nous avons envie de voyager... ? demande Grenouille.

– Eh bien, nous pourrions vous aider !

– Mais nous aimerions voler comme les cailles !

– Nous pourrions aussi vous faire voler ! », répondent les gnomes. Les petits animaux écarquillent les yeux : « Voler ? Mais il n'y a que les oiseaux, les papillons et les insectes ailés qui puissent voler ! »

Riant dans leurs barbes, les gnomes déclarent : « Laissez-nous faire ! »

Au bout de quelques jours, ils appellent les animaux pour leur montrer ce qu'ils ont fabriqué :

« Voilà une montgolfière !

– Qu'est-ce qu'une montgolfière ?

– Venez avec nous et vous le saurez ! »

Une montgolfière est un grand ballon qui, lorsqu'il est bien gonflé d'air chaud, s'élève dans le ciel ; une grande corbeille est fixée au-dessous : c'est la nacelle. Poussée par les vents, la montgolfière peut parcourir de longues distances au-dessus des terres ou des mers.

Les animaux en restent muets de stupéfaction : « Vous désirez voler ? Voilà de quoi vous contenter. Qui veut essayer ?

— Moi ! » disent Musaraigne, Grenouille, Taupe et Rat d'Eau ; et ils sautent dans la nacelle.

La montgolfière est maintenue à terre au moyen d'une corde ; un gnome, une hache à la main, demande : « Prêts ?

— Prêts ! répondent les aéronautes.

— Allez-y ! » crie le gnome, en coupant la corde. La montgolfière s'élève rapidement dans le ciel ; autour d'elle volent Merle, Papillon et les insectes ailés venus la saluer.

D'en bas, les amis saluent et crient bravo. Mais quelqu'un murmure : « Ils sont fous ! »

Fous ? Mais non, c'est si beau de voler ! D'en haut, ils découvrent toute la forêt ; voici le village des gnomes, et plus loin voici la plaine. Jusqu'où iront-ils, les courageux aéronautes ? Jusqu'en Asie ? Jusqu'en Afrique ? Ils ne feront pas beaucoup de chemin. Ils sont dans le ciel depuis une demi-heure, et voici qu'on entend un bruit bizarre, une espèce de sifflement. Grenouille demande : « Avez-vous entendu ce bruit bizarre ? »

Taupe répond : « On dirait un courant d'air. »

En effet, c'est un courant d'air : l'air fuit par un petit trou, ouvert on ne sait comment, dans le ballon ; celui-ci commence à se dégonfler et à descendre. Il descend, descend, descend... et la terre se rapproche toujours plus...

« Au secours ! Nous tombons ! » crient les aéronautes. La montgolfière descend toujours et... patatras !

Le vol est terminé. Adieu l'Afrique, adieu l'Asie !

« Ma pauvre tête ! » gémit Grenouille. Et Musaraigne : « Aïe, mon dos ! »

"Je préfère rester au sol, et creuser des galeries !" pense Taupe.

La clé d'or

Dans le grenier du gnome-magicien, il y a des malles, des grandes caisses et des coffrets ; ils sont là depuis des siècles ; on ne sait même plus qui les a déposés. Tout est fermé à clé, et recouvert de poussière.

Avec patience, Gentiane, le gnome-magicien, les nettoie et les ouvre. Dans l'un, il trouve des recettes ; dans un autre, un gros livre racontant l'histoire des gnomes ; dans un autre encore, la liste de tous les champignons, herbes et fleurs de la forêt. Dans le dernier...

Il ne peut pas regarder dans le dernier coffret, car il ne trouve pas la clé ; la serrure et les clous ont l'air d'être en or.

« Que vous importe la clé ? Croâ je dis et croâ je répète : si vous voulez, j'ouvre ce coffret avec une pince-monseigneur ! dit Corbeau.

– Non, il ne faut pas ; chez nous, pas de violence, même pas contre les objets ! Nous devons chercher la clé. »

À ce moment-là, arrive une des souris Sœurettes :

« S'il vous plaît, faites vite, appelez le gnome-docteur ! Loutre est malade, elle a de la température ! »

Loutre est dans son lit, tremblante de fièvre : elle est restée trop longtemps dans le petit lac, et elle a pris froid. De temps à autre, elle balbutie :

« ... En or... toute en or... dans le fond... il me semble... clé... »

Le gnome-docteur secoue la tête, préoccupé : « Ça ne va pas, murmure-t-il, la pauvre Loutre délire ! Elle dit avoir vu des choses étranges !

– Qu'as-tu vu, Loutre ? » demande une souris. Loutre, transpirant et tremblant, répond :

« ... Là-bas... mais c'est trop profond... c'est trop sombre... trop froid... »

Il se fait un grand silence. Puis, soudain, le gnome-magicien s'écrie :

« Au fond du lac ! Voilà où se trouve la clé ! »

Tout le monde est mobilisé pour récupérer cette clé. Merle Aquatique et Grenouille, chargés d'explorer, plongent dans le lac, cherchent çà et là et finissent par trouver la clé. Mais ils ne parviennent pas à la remonter à la surface, car elle est trop lourde pour eux.

"J'espère qu'ils feront tout cela sans moi."

– Qui va tirer l'autopompe ?

– Nous nous en chargeons ! répondent Blaireau et Marcassin.

– Qui transportera les seaux ?

– Nous, avec les trottinettes ! crient les tortues.

– Allons-y tous ! »

C'est alors que commence la lutte contre l'incendie. En abattant quelques sapins, une clairière est créée : là, il n'y a plus un seul arbre pour prendre feu. Une tranchée est ensuite creusée devant cet espace : elle arrêtera les flammes. Puis, on jette sur l'herbe qui brûle de l'eau puisée au petit lac. Les seaux pleins sont apportés par les gnomes qui font la chaîne ; quand ils sont vides, ils sont rapportés par les tortues.

« Plus vite ! Courage ! »

L'autopompe arrive et est préparée pour lancer de l'eau sur le feu ; les étincelles jaillissent de partout, et l'une d'elles va brûler le pantalon d'un gnome qui s'enfuit, épouvanté.

« Attends, je vais t'éteindre ! » lui crie un compagnon. Soudain, on entend des battements d'ailes : « Hourra ! L'escadrille anti-incendies ! »

En effet, cinq grands canards sauvages sont apparus : chacun est piloté par un gnome, et porte à son cou une grosse boîte, d'où s'échappe de l'eau pour arroser les flammes. Avec courage, les canards sauvages volent bas, rasant les flammes, puis s'éloignent en direction du petit lac, et reviennent, plusieurs fois, avec de l'eau. On a travaillé longtemps, à la lueur du feu. L'incendie n'a pas franchi la tranchée. Il a fini par céder, enfin !

« Courage ! Courage ! » entend-on crier. Tous redoublent d'efforts, jusqu'à ce que les flammes soient complètement éteintes.

Au matin, le soleil se lève sur une forêt en grande partie brûlée et remplie de fumée ; mais il n'y a plus aucune flamme. Gnomes et petits animaux regagnent leurs maisons. Ils sont très fatigués, mais heureux de leur victoire. Qu'importe s'ils sont sales et noircis de fumée !

...ils rentrent chez eux, fatigués et avec quelques brûlures, mais satisfaits !

Théâtre
dans la forêt

Le gnome Glaïeul, Raton et Coccinelle sont partis cueillir des myrtilles et les premiers fruits de l'automne. Soudain, ils entendent un « plaf plaf plaf », puis un « frrr frrr frrr », un caquètement, un battement d'ailes.

Qui fait ce vacarme ?

Ils s'avancent, accroupis dans l'herbe, veillant à ne pas faire de bruit et... que voient-ils ? Pie, Perdrix Blanche et Héron. Ce dernier, ouvrant et fermant ses ailes, déclare :

« Voyez-vous, ils font comme cela. Et dans le théâtre, les spectateurs applaudissent ! C'est magnifique !

— Tu as sûrement raison, approuve Pie, mais ici personne ne sait ce qu'est un théâtre !

— Ici, on n'est pas attiré par l'art », ajoute Perdrix Blanche.

Héron dit : « Et pourtant, j'ai vu un théâtre, moi, très loin d'ici. »

Puis les trois oiseaux déploient leurs ailes et s'envolent au loin.

« Ces oiseaux sont fous ! murmure Raton, A quoi sert un théâtre ?

— Je pense qu'ils ont raison, dit le gnome Glaïeul. Le théâtre est une chose importante, et il nous en manque un, justement. Mais nous allons y remédier. Laissons tomber la cueillette des myrtilles et retournons chez nous. J'ai une idée. »

Tout d'abord, l'idée de Glaïeul les étonne ; mais ensuite, ils sont pleins d'enthousiasme. Tous, gnomes et animaux, se mettent au travail : on scie, on cloue, on peint, on prépare les costumes et les décors, on écrit, on lit, on exerce sa mémoire...

Quelques semaines plus tard, Marcassin tire sur la corde, et le rideau s'ouvre sur la scène du Théâtre de la Forêt Profonde.

*"Moi, je suis un artiste,"
dit Héron.*

Guillaume
et
Emeline
Grande Histoire
d'amour
prix d'entrée:
3 francs-coquillages

Les premières notes de l'orchestre s'élèvent et les spectateurs qui ont acheté leur billet pour 3 francs-coquillages, applaudissent à tout rompre. Car Hérisson avait été clair : qui ne paie pas, n'entre pas. Et tout le monde est là. Même Raton, qui ne pouvait pas payer : il est monté sur des échasses pour regarder par-dessus la palissade. Corbeau, lui, passe sa tête entre les roseaux. Pour cela, il a dû enlever son chapeau : ah, s'il savait qu'on voit sa tête pelée !...

La représentation va commencer : Hibou est le souffleur ; le gnome Glaïeul (qui a écrit le texte) est le bon roi, Renard est la méchante reine ; Grenouille et l'une des souris Sœurettes jouent les rôles d'Emeline et de Guillaume, les deux amoureux.

C'est une histoire triste : la princesse Emeline veut épouser un jeune ménestrel, et le roi a donné son accord. Or la reine n'accepte pas que sa fille épouse un poète sans le sou. Les deux amoureux s'enfuient, mais ils sont rattrapés par les gardes (joués par les tortues) et condamnés : Emeline sera emprisonnée dans une tour, Guillaume aura la tête coupée. Alors que Guillaume est confié aux gardes, voici qu'arrive Emeline, qui s'est échappée de la prison ; les deux amoureux demandent leur grâce à genoux, et l'obtiennent.

Heureusement, tout finit par un mariage. Les spectateurs pleurent d'émotion et applaudissent.

« Magnifique ! admet Héron. C'était une très belle représentation ! »

Puis, tout le monde va se coucher. Personne n'oubliera une aussi belle soirée ! Mais pour faire un spectacle en plein air, il faut que le temps s'y prête et que le soleil brille. Il est donc nécessaire de construire un théâtre pour les jours de pluie !

Le gnome-menuisier Géranium a une idée géniale : un théâtre de marionnettes ! Les marionnettes représentent les habitants de la forêt et du Bois Joli : Blaireau, les souris, les gnomes, les grenouilles, tous, en somme !

Ainsi, il y aura des spectacles en hiver, quel que soit le temps, même sous la neige.

"J'espère que Corbeau ne sera pas vexé, si je le représente sans chapeau."

S.O.S.
dans la neige

L'hiver est bientôt là. Il est même en train d'arriver. Le ciel est rempli de nuages gris, et il souffle un vent glacial. Certains gnomes disent :

« Hum ! Il pourrait neiger d'un moment à l'autre. »

L'équipe de gnomes, chargée de ramasser les baies de genièvre, veut tout de même partir.

« Attention, il fait froid, il pourrait neiger !

– Non, il ne neigera pas, dit le gnome Gardénia, chef de l'équipe. J'en suis sûr car lorsqu'il va neiger, mon pied droit me fait mal et aujourd'hui mon pied va très bien.

– Faites attention ! Le coin des genièvres est très loin !

– N'ayez pas peur ! Nous avons l'habitude ! »

C'est ainsi que les quatre gnomes partent : ils voyagent plusieurs jours, s'enfonçant toujours plus loin dans la forêt, jusqu'à ce qu'ils arrivent dans le coin des genièvres.

« Faisons une cabane et demain nous commencerons la récolte. »

La cabane est finie. Fatigués, les gnomes s'y endorment. Pendant la nuit, Gardénia se réveille avec un terrible mal au pied. Il regarde dehors, l'air préoccupé... La nuit est toute claire ! La neige tombe lentement. Il y a déjà une couche de plusieurs centimètres.

« Comment rentrer chez nous ? » se demandent les gnomes, au matin : ayant sorti leur tête hors de la cabane, ils voient que la neige a recouvert tous les chemins !

« Ça va être difficile !

– Ne perdons pas de temps !

"Mauvais signe ! j'ai mal au pied. Il neigera d'ici peu ", dit Gardénia.

75

Commençons à ramasser les baies de genièvre. Puis on décidera de ce qu'il faut faire ! »

Les gnomes commencent la cueillette ; mais le pied de Gardénia lui fait de nouveau mal. Et voici que la neige tombe une nouvelle fois, tant et si bien que la forêt paraît recouverte d'un manteau blanc.

Après deux jours, ils ont épuisé toutes leurs provisions. L'inquiétude se transforme en peur.

« Restez calmes, vous verrez que nos amis se mettront à notre recherche, dit Gardénia.

— Comment peuvent-ils nous trouver ? Comment sauront-ils que nous sommes là ? »

Après quelques heures, un gnome s'écrie : « Ecoutez !... Un bruit d'ailes ! Ils viennent vers nous ! Hourra ! »

Tous sortent de la cabane et aperçoivent dans le ciel, au-dessus d'eux, Faucon qui les recherche. Il vole très haut, puis s'éloigne, sans voir les gnomes et sans entendre leurs appels : « Ohé ! Nous sommes là ! Ohé, Faucon ! Nous sommes là ! »

Peine perdue, Faucon s'éloigne. Les gnomes sont découragés. Mais Gardénia ne se laisse pas abattre :

« J'ai une idée ! s'écrie-t-il. J'ai trouvé ! Les baies ! Les baies de houx ! Oui, les rouges ! Il y en a beaucoup ! Venez avec moi ! »

Chemin faisant, le gnome Gardénia explique son idée : quelques minutes plus tard, on voit se détachant sur la neige, les lettres S.O.S., écrites avec les baies rouges.

Le lendemain, Faucon, survolant la forêt, voit le signal et s'approche ; à bord, il y a le gnome aviateur.

« Tout va bien, je vous ai localisés ! crie-t-il à ses amis. Soyez tranquilles ! Nous allons chercher des secours ! » Et, d'un coup d'aile, ils rentrent au village.

Quelques heures après, une luge traînée par deux faons part avec un chargement de secours : miel, noix, pain noir et un peu d'eau-de-vie de pomme pour réchauffer les estomacs : toute cette nourriture a été fournie par les membres du Trèfle Vert, le service d'urgence et de protection des gnomes.

"j'ai l'impression que cette "urgence" est une ~~excuse~~ pour boire un peu plus d'eau-de-vie..."

Le médecin malade

Les jours de tempêtes, ou les nuits de neige, silencieuses et feutrées, lorsque tout le monde dort bien tranquillement, les gnomes dans leurs maisons, les animaux dans leurs tanières ou dans leurs nids, on peut voir un gnome, emmitouflé dans une écharpe et chaussé de raquettes, cheminer dans la forêt ; il transporte toujours une mallette avec lui. Qui est-il ?

Vous ne le devinez pas ? C'est Genièvre, le gnome-docteur. C'est lui qui accourt à chaque appel, soigne toutes les maladies, indigestions, rhumes, bronchites. Que serait la vie dans la forêt, sans le gnome-docteur ?

Cependant, un jour, il se passe quelque chose de bizarre. On appelle Genièvre mais il ne vient pas ; on l'attend en vain. Il est peut-être en retard. Il a oublié ? Impossible ! Il a eu peur du froid et de la neige ? Impossible également ! Et alors ? On court voir chez lui ; on frappe : personne ne répond. Quelqu'un entre et regarde : le docteur n'est pas là.

Aussitôt l'alerte est donnée. Soudain arrive Raton, porteur d'une incroyable nouvelle :

« Le docteur est malade ! Venez ! Il est chez moi. »

Hérisson, Ecureuil, Musaraigne, Rat d'Eau et les souris Sœurettes accourent : « Par ici ! dit Raton. Dans la chambre à coucher. »

Le docteur est là, les yeux brillants de fièvre :

« Oh, oh, gémit-il doucement, oh, oh, je ne me sens pas bien !

– Dis-nous ce qu'il faut faire ! » demande Coccinelle, ouvrant la mallette de Genièvre.

Ils entourent leur docteur : ils prennent sa température, mettent une bouillotte sur son estomac, vérifient ses réflexes, auscultent son cœur...

« Que peut-il bien avoir ? interroge une des souris.

– Pour moi, c'est une brucellose aiguë, répond Hérisson.

"Je vois que tu as bien mal aux dents..."

– Pour moi, c'est une laryngite chronique, dit Musaraigne.

– Pour moi, c'est une gastro-entérite avec complications », dit Ecureuil.

Musaraigne ajoute : « Je ferais un badigeonnage de teinture d'iode.

– Je ferais une opération stomacale », complète Ecureuil.

En entendant ces mots, Genièvre ouvre les yeux et murmure : « Laissez-moi, je guérirai tout seul.

– Impossible, dit Hérisson. On ne peut pas guérir tout seul.

– C'est contraire aux principes de la médecine », dit Ecureuil.

Genièvre répond : « Je vous dis de ne rien faire ! Simplement : ranimez le feu, apportez-moi une bouteille de sirop de framboise et du miel, et donnez-m'en une cuillerée tous les quarts d'heure. »

Les animaux obéissent : une des souris Sœurettes reste au chevet de Genièvre et lui donne son sirop. Le pauvre docteur a pris un grand coup de froid, à force de marcher dans la neige.

Mais, après la première cuillerée de sirop, il se sent déjà mieux :

« Je crois qu'il m'en faudra deux autres bouteilles, plus quelques jours de convalescence... »

Tout va bien : mais on ne peut pas vivre sans docteur, n'est-ce pas ?

C'est pourquoi Rat Noir a commencé à soigner les animaux. Ayant mis une belle blouse blanche, il a ouvert un dispensaire avec cette enseigne : « Docteur Rat Noir. Médecine générale. Remplaçant du docteur Genièvre. Reçoit de 10 à 12 h et de 15 à 18 h. Tous les soins pour toutes les maladies. Guérison garantie. »

Le croirez-vous ? Rat Noir guérit vraiment tout le monde de toutes les maladies : mais il donne à tous le même remède. A ceux qui se présentent, malades véritables ou imaginaires, qu'ils aient un mal de gorge, une jambe cassée ou un torticolis, le docteur Rat Noir administre le même médicament : une cuillerée à soupe d'huile de ricin !

"Mieux vaut garder mon mal de dents, plutôt que prendre de l'huile de ricin...", pense Castor.

80

Le grand monument

C'est Levraut qui a eu cette bonne idée. Il en a parlé à Renard, qui en a parlé à Tortue, qui en a parlé à Castor, qui en a parlé à Hamster, qui en a parlé à Ourson, qui en a parlé aux souris... bref, tous les animaux sont au courant et se sont réunis pour décider. Hérisson est le seul qui n'en a rien su ; quand il les voit palabrer à mi-voix, il leur demande :

« Que se passe-t-il ?

— Ecoute bien, je vais t'expliquer, dit Ecureuil. Un an a passé depuis notre arrivée dans la Forêt Profonde. Nous sommes bien, ici, non ?

— Certes !

— Le mérite en revient aux gnomes qui nous ont aidés, non ?

— Certes !

— Nous devons donc les remercier, non ?

— Certes !

— Voilà. Pour les remercier, nous avons décidé de construire un monument.

— Un monument ? Et à qui ? »

Taupe hoche la tête : « Mais aux gnomes, évidemment ! »

Un monument aux gnomes ! C'est vraiment une excellente idée, et ils sont sûrs que les gnomes en seront heureux. Un comité est formé ; Castor, ingénieur et artiste, fait le projet. On choisira un arbre beau, grand et solide : un chêne ou un sapin. Sur son tronc, on sculptera un gnome ; un grand gnome, bien sûr, avec barbe, moustaches, bonnet, accoudé à un beau champignon, sur un piédestal richement ouvragé. Tout le monde y travaille ; les pics font les finitions avec leurs becs pointus ; puis une équipe de peintres vient mettre des couleurs. Car un monument aux gnomes sans couleur, ce ne serait pas un monument.

"je t'expliquerai après:
ne me pique pas,
comme d'habitude."

Chaque jour, prétextant une raison ou une autre, les animaux vont dans un endroit caché de la forêt pour y travailler.

Cependant, ce va-et-vient intrigue les gnomes qui, un jour, sans se faire voir et sans bruit, surgissent au milieu des animaux qui travaillent. Leur surprise est si grande qu'ils ne réussissent pas à se taire.

« Oh ! s'écrient-ils. Quelle merveilleuse chose ! »

A vrai dire, ils sont arrivés dans un moment d'affairement ; Castor et Pic s'occupent des derniers détails ; les peintres viennent seulement de commencer ; le pauvre Ecureuil, qui balaye les copeaux, reçoit de la peinture bleue sur la tête... Au même instant, l'une des souris arrive avec le panier du casse-croûte.

« Comme vous êtes bons et gentils ! déclarent les gnomes, très émus.

– C'est vous qui êtes bons et gentils ! répondent les animaux. Ce monument durera mille ans, en souvenir de votre bonté et de votre gentillesse ! »

Tout le monde est content ; on s'embrasse, on s'applaudit. Sortant de sa tanière, Loir, qui est encore à moitié endormi, les regarde tous d'un air étonné.

Vient le jour de l'inauguration. Ah ! quelle fête ! L'orchestre passe dans tous les sentiers de la forêt, en jouant l'Hymne de la Frite. Il est dirigé par Marmotte, qui pense : « Hérisson pourrait bien éviter de jouer de la trompette dans mon oreille » ; Hérisson pense : « Coccinelle pourrait bien cesser de siffler dans mes oreilles » ; et Taupe pense : « Coccinelle pourrait bien sortir de mon trombone » ; et Hamster pense : « Castor pourrait éviter de donner des coups près de ma tête » ; et Castor pense : « Rat d'Eau pourrait bien arrêter de m'écraser la queue... »

L'orchestre, tout en jouant allègrement, accompagne nos amis hors de ce livre ; oui, ils vont vers un autre livre aux aventures encore plus passionnantes.

Ils s'acheminent tous vers leurs maisons.
L'orchestre joue l'Hymne de la Frite.

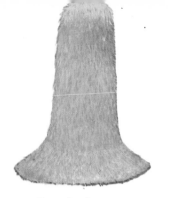

L'arrivée du géant

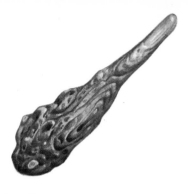

Badaboum ! Boum ! Badaboum ! Boum ! Crac ! Badaboum ! Boum !

Savez-vous quel est ce bruit ? C'est le bruit que fait un géant en marchant. Badaboum, quand il lève un pied ; boum, quand il le pose par terre ; crac, quand il écrase un arbre ou une chaumière. Vous n'arrivez pas à croire qu'un géant fasse un tel bruit en marchant ? Essayez donc d'aller au pays des gnomes, et vous verrez ! En effet, vous devriez savoir que...

Mais non. Procédons par ordre, et commençons par le début.

C'est un beau matin ensoleillé, avec un ciel bleu et une petite brise au parfum d'herbe fraîche et de fleurs des champs. Le village des gnomes se réveille tout doucement. Certains dorment encore ; les boutiques ne sont pas ouvertes, et Hérisson n'a pas fini de livrer le pain frais et les fruits. Un matin comme les autres... ah non, pas exactement comme les autres ! En effet, on n'a encore jamais entendu ces bruits étranges, un peu comme un vent qui se lève, puis qui tombe, qui souffle et ne souffle pas : une rafale en avant, une en arrière...

Le premier à remarquer ces bruits est le gnome-jardinier Echalote qui, au petit matin, ramasse de la salade dans son jardin situé en dehors du village : « Quel est ce bruit bizarre ? » se demande-t-il en passant près de la fontaine. Puis, il s'arrête, stupéfait. Il écarquille les yeux, les ferme, les ouvre : « Je rêve ! Peut-être suis-je encore endormi ! » Il se frotte les yeux pour s'assurer qu'il ne dort pas...

« Aaaaah ! » se met-il à crier, les jambes tremblantes et les genoux aussi mous que du beurre fondu. « Aaaaah... » Puis, prenant ses jambes à son cou, il retourne au village : « A l'aide ! Au secours ! Un géant ! »

Une fenêtre s'ouvre, puis une autre, et encore une autre : « Un géant ? »

Badaboum ! Boum ! Badaboum ! Boum ! Crac ! Crac ! Badaboum ! Boum !

vention. Les animaux partent dans la forêt à la recherche d'herbes et de racines médicinales : clous de girofle, racines de gentiane, graines de coquelicot. Géranium, le gnome-menuisier, construit, avec l'aide des castors, un pont mobile auquel est fixée une grande vrille fabriquée par le forgeron. On prépare aussi une énorme seringue et une immense serviette. Barberousse est étendu dans une clairière.

« Courage ! lui disent-ils. Tu verras que tout ira bien !

— Ah, quelle douleur ! Quelle douleur ! » répond d'une petite voix le pauvre géant. Le docteur Genièvre s'avance avec les volontaires qui transportent la seringue : « Prêts pour la piqûre ! »

Sous une tente, Dentsaine se prépare ; il se lave soigneusement les mains. « Eh oui, mes amis, dit-il à deux volontaires du Trèfle Vert, le cas ne me semble pas très grave. Un seul danger : que le géant ferme sa bouche pendant que nous travaillons ! »

Enfin, tout est prêt. Jusqu'à maintenant, Barberousse est resté tranquille. Il n'a même pas dit un mot quand on lui a fait la piqûre...

Mais lorsqu'il voit la vrille, il se met à trembler : « Allons ! dit Dentsaine. Ce n'est rien ! Ça ne te fera pas mal ! Eh, vous, là-dessous... allez-y ! » Et la vrille commence à tourner : trrr et trrr...

« Ah ! » gémit le géant, ce qui projette Dentsaine et ses assistants hors de sa bouche. « Courage, mes amis, retournons dedans ! » crie le dentiste. Maintenant la piqûre fait son effet, et Barberousse s'assoupit. Au bout de deux heures, la carie est nettoyée ; un ciment spécial a été préparé pour boucher le trou dans la dent.

Dentsaine est fier de lui : « Même les géants accourent chez moi ! »

Le jour suivant, il affiche devant son cabinet une nouvelle pancarte : « Dentsaine, dentiste. Reçoit les gnomes de 9 à 11 h ; les animaux du Joli Bois de 16 à 19 h, et les géants sur rendez-vous. »

"Heureusement, ce n'était qu'une carie ! Si nous avions dû extraire la dent, qu'aurions-nous fait ?"

La gelée royale

Le géant se réveille dans la soirée ; il s'étire : « Je ne sens plus rien ! Je suis vraiment guéri. C'est merveilleux ! » Puis il murmure : « J'ai très sommeil ! » et, après un énorme bâillement, il se rendort.

Les gnomes se regardent. Comment ? Le géant n'a plus mal aux dents, et au lieu de sauter de joie et de les remercier, il se met à dormir ? « Vous verrez, dans un moment, il se réveillera plein d'énergie ! » dit l'un d'eux. Un autre ajoute : « Espérons qu'il n'en aura pas trop ! »

Mais, le soir venu, Barberousse ne s'est toujours pas réveillé et ses ronflements font vibrer les vitres des fenêtres. Toute la nuit passe ainsi et beaucoup ne peuvent fermer l'œil à cause du bruit.

Au matin, on commence à s'inquiéter : « Croâ je dis et croâ je répète, croâ, c'est un sommeil de géant, dit Corbeau.

— Et s'il ne se réveillait plus ? murmurent les souris Sœurettes.

— Peut-être avons-nous un peu forcé la dose pour la piqûre, dit le gnome-docteur.

— Ce serait dommage, observe Echalote. Comme nous lui avons soigné son mal de dents, en échange il nous aurait aidés. Grand et fort comme il est, en un jour il pourrait exécuter le travail que nous faisons en un mois !

— Docteur, pendant que vous cherchez un moyen de le réveiller, nous allons lui fabriquer des outils », dit le gnome-forgeron.

Pour commencer, ils essaient de

"Ah ! Ah ! Vous me faites rire avec vos calculs ! Nous, avec la gelée royale, nous soulevons deux fois notre poids !"

soulever Barberousse ; puis, à l'aide de poulies et de treuils, ils l'installent entre deux arbres, le dos appuyé contre un filet de cordes solidement nouées. Pendant ce temps, le forgeron et le menuisier s'ingénient à fabriquer une gigantesque pelle ; les gnomes les plus savants discutent sur la façon de réveiller le géant.

Gentiane, le gnome-magicien, inscrit au tableau noir la formule compliquée de l'élixir énergétique : des chiffres, des chiffres, des opérations, des multiplications, etc.

« ... Et voilà, conclut-il, ce qu'il faudrait comme forces pour réveiller Barberousse.

— Oui, c'est bien beau... mais on ne peut pas lui donner des chiffres comme fortifiant ! »

En fait, personne ne sait quoi faire. On entend alors une petite voix :

« Moi, j'ai une formule plus simple que ces calculs-là ! »

"J'ai supprimé le sel de mon régime", raconte Taupe.

Une abeille s'avance vers eux et trace un simple dessin sur le tableau noir : « Regardez, une tasse de gelée royale suffit pour soulever deux fois notre poids !

— Et qu'est-ce que la gelée royale ?

— C'est le miel du miel, c'est plus doux que le miel, c'est la chose la plus nourrissante du monde.

— Où pouvons-nous la trouver ?

— Demandez-la à la reine des abeilles ! »

La reine des abeilles ! Gnomes et animaux se taisent, perplexes : ce n'est pas une mince affaire que de se présenter à la reine des abeilles. Tous savent bien qu'elle est grincheuse, et que pour un rien elle fait appel à ses abeilles guerrières. On discute un peu : qui ira ? Le gnome-magicien ou alors un simple gnome ? Lequel des animaux ?... Finalement, on tire au sort : Taupe est désignée.

« Mais, proteste-t-elle, je ne connais rien aux abeilles ni au miel ! Imaginez un peu... » Taupe se présente finalement devant la reine des abeilles. Par chance, celle-ci est de bonne humeur ; et puis, elle qui est si rondelette, trouve Taupe sympathique car cette dernière n'est pas maigre non plus.

Elles s'entretiennent de régimes amaigrissants et, pour finir, Taupe ayant su se montrer convaincante, la reine dit : « Emportez toute la gelée dont vous avez besoin pour réveiller cet endormi. Mais faites bien attention, car il va devenir deux fois plus fort qu'auparavant. »

Le barrage

Ce que tous espéraient arrive enfin : au quatrième seau de gelée royale, le géant va beaucoup mieux et il soulève une paupière. Au cinquième seau il bâille, au sixième il ouvre un œil, au septième il le ferme ; au huitième il étire ses muscles, au neuvième il se réveille et au dixième se lève. Enfin, il s'exclame : « Oh ! comme c'est bien ! Je n'ai plus mal aux dents ! Je me sens en pleine forme ! Quelle sieste ! Je voudrais vous remercier pour ma dent ! J'avais si mal ! Que puis-je faire pour vous en échange ? » Que peut-il donc faire pour eux ? On parlemente : il pourrait creuser un grand trou, dit l'un ; il pourrait ériger une colline, dit un autre ; il pourrait abattre un sapin, suggère un troisième ; il pourrait creuser une galerie, dit un quatrième...

Ils parlent, parlent, s'arrachant les cheveux pour trouver quelque chose à faire exécuter au géant. C'est alors qu'arrive Castor : « Voilà ce que peut faire Barberousse ; regardez notre vieux projet de barrage et sa maquette : un petit lac, la digue ; ces champs, nous en ferons des rizières ! »

Et les grenouilles de s'exclamer : « Nous sommes nées dans une rizière ! Ah, nous y chantions si bien, le soir venu !

— Oui, mais qu'est-ce que c'est ?

— Ce sont des champs remplis d'eau, où pousse le riz qui donne des petits grains blancs, délicieux pour faire des soupes et des desserts !

— Des desserts ? Au travail ! »

Ainsi le géant, à l'aide de la pelle fabriquée à ses dimensions, com-

"Regardez la maquette du barrage : quand le lac sera plein, on lèvera les vannes et l'eau arrivera jusqu'aux champs."

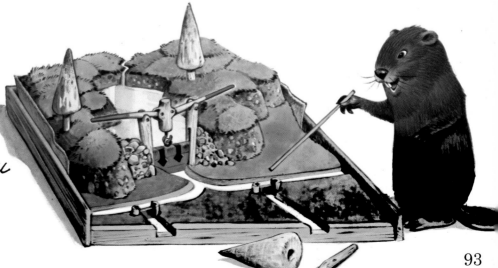

mence à creuser. En trois jours, Barberousse, dans l'eau jusqu'aux genoux, creuse le lac. Les autres, sous la direction des castors, préparent le sol. Il faut écraser les mottes, puis égaliser et consolider avec de la terre sèche et des pierres ; ensuite aplanir et passer le rouleau compresseur ; puis tracer les sillons des canaux d'irrigation. Les animaux transportent des corbeilles remplies de terre et de cailloux, en un va-et-vient continu ; les gnomes creusent et travaillent à la pelle. Le chantier résonne de leurs éclats de voix :

« Eh, vous deux ! Plus fort, sinon le sillon ne sera pas assez profond !

– Oui, mais c'est un travail de géants, pas de gnomes !

– Je préfère les corbeilles vides : elles sont moins lourdes que les pleines !

– Attention avec ces cailloux ! Tout à l'heure vous les avez versés sur mon dos !

– Dis-moi, Grenouille, quand dois-je commencer à broyer la terre ?

– Attends, encore un coup de pelle et c'est ton tour !

– Quelle chaleur ! Qu'est-ce que vous buvez ? Du cidre ?

– Non... glou, glou... ça n'est pas du cidre... glou, glou... c'est de l'eau !

– Hum ! Cette eau a vraiment un goût de cidre !

– Aïe ! On m'écrase le pied »

Ours manie le marteau-pilon ; pour les finitions, les fourmis veulent l'aider... Imaginez... En définitive, ce fut un énorme travail.

A la fin, ils sont bien fatigués mais heureux. Tous applaudissent lorsque les vannes s'ouvrent et que les champs sont inondés.

Plus tard, c'est la récolte ; on met le riz dans de grands sacs de jute.

Depuis, les animaux du Joli Bois et les gnomes mangent, un jour sur deux, de merveilleux gâteaux de riz.

On repique le riz : les grenouilles sont heureuses, les pieds dans l'eau !

Le géant cherche une maison

Il y a un autre problème à résoudre : « Barberousse ne peut pas dormir dans nos maisons ; jamais il ne réussirait à y entrer.

– C'est exact. Et il ne peut pas non plus dormir dans la forêt. Maintenant, c'est l'été : ça va ; mais quand l'hiver sera là, avec la neige ? Qui sait quel refroidissement il attrapera ! fait observer le gnome-docteur.

– Ouh la la ! Un refroidissement ! s'écrient les souris Sœurettes. S'il éternue, tout sera dévasté ! »

Faucon Pèlerin s'avance alors :

« Ecoutez, il m'est venu une idée : l'autre jour, alors que je volais au-dessus du Mont-qui-fume, j'ai vu l'entrée d'une grotte, près du Rocher-aux-Sapins. Elle m'a semblé haute, large et profonde. Je crois que Barberousse y serait parfaitement à l'aise !

– Bonne idée ! Allons voir ! »

Les gnomes et les habitants du Joli Bois partent explorer la grotte.

Effectivement c'est un endroit adapté au géant. Même Barberousse la trouve idéale : il entre, la mesure et s'y étend.

« Oh ! dit-il. C'est confortable ! Je serai très bien ici.

– D'accord, disent les gnomes, mais nous allons d'abord y installer les choses indispensables. »

La grotte est nettoyée ; les gnomes fabriquent une cuillère, une fourchette et d'énormes baquets en bois, pour entreposer boissons et provisions.

« Il reste à trouver le moyen de communiquer avec le géant, dit Gentiane. Comment ferons-nous si nous avons besoin de le voir rapidement ? »

Mangefeu, le gnome-forgeron, se charge alors de couler une belle cloche de bronze, et explique son plan : « Voici la grotte, ici le ruisseau et là, le village. Nous placerons la cloche non loin de nos

"Entendez-vous le son de cette cloche ? Elle peut même réveiller les sourds !"

nuit venue, au Lac-des-Rochers. Là, il frotta l'anneau magique en prononçant cette phrase : "Repose en paix dans ces eaux glacées, Anneau de l'Arc-en-ciel, afin que personne ne puisse utiliser ton pouvoir d'une mauvaise façon. Puisque ton gardien, le féroce Grand Sorcier a abusé de ma confiance, il sera transformé en dragon, et ceci jusqu'à ce que Trentepas arrive au pays des gnomes. C'est seulement à ce moment-là que notre peuple reverra l'anneau." »

Le lendemain matin, personne ne s'étonne quand, à la réunion du Conseil, Gentiane explique que doit s'accomplir cette extraordinaire prédiction : l'anneau magique sera soustrait au dragon qui vit au fond du Lac-des-Rochers. Le Grand Livre des Gnomes ne peut que dire la vérité. Même le géant ne soulève aucune objection. C'est comme si chacun savait exactement quel rôle jouer dans cette page écrite par le destin. Mais tous ont la même angoisse : que va-t-il se passer lorsque le géant – le seul qui, grâce

à sa taille, peut entrer dans le lac pour récupérer l'anneau – rencontrera le dragon ? Dissimulés derrière les rochers, les habitants du Joli Bois et les gnomes entendent en tremblant le grand « splash » que fait Barberousse en plongeant dans l'eau. Cependant, tout est calme. Le géant ramasse rapidement l'anneau qui scintille au fond du lac ; puis il regagne la rive à grands pas. Mais le dragon le poursuit ! Quand celui-ci atteint la rive, un événement extraordinaire se produit.

L'énorme masse verte du reptile semble s'affaisser ; elle se retourne complètement, puis l'étrange grosse tête s'ouvre comme une banane bien mûre, et un personnage bizarre apparaît alors : un gnome, sans aucun doute, de la même taille et avec les mêmes traits que les autres, mais vêtu différemment. Il semble encore plus ému que nos amis qui le regardent, stupéfaits. Il avance, peu rassuré, sur les cailloux du rivage et murmure en tombant à genoux : « Le sortilège est terminé, je suis à nouveau libre ! »

.... "Le sortilège est terminé, je suis à nouveau libre!"....

Les pouvoirs de l'anneau

Ils retournent au village, accompagnés de Barberousse et du nouveau venu qui dit se nommer Zago, grand sorcier des temps anciens. On lui donne à boire et à manger, mais Gentiane s'impatiente ; peu après, il prend Zago à part et lui demande : « Que faisais-tu dans le ventre du dragon ? » Zago hoche la tête et commence : « Lorsque notre roi jeta l'anneau magique dans le lac, je fus ensorcelé et transformé en dragon afin de défendre l'Anneau de l'Arc-en-ciel. Je fus condamné à ce sortilège, car j'avais abusé du pouvoir de l'anneau.

– Mais quel est-il ? » demande Gentiane, dévoré de curiosité.

Zago répond : « L'anneau est doué d'un pouvoir extraordinaire !

Celui qui prononce la parole magique écrite à la page 777 du Grand Livre des Gnomes, et qui tient l'anneau entre le pouce et l'index, peut transformer un être vivant, de petit en grand, et de grand en petit. Moi je me suis transformé en géant afin de dominer tous les gnomes de mon peuple ; mais le roi a repris l'anneau et m'a fait revenir à ma taille normale. Puis, avant de mourir, il m'a transformé en dragon. »

Subitement Gentiane comprend. L'anneau n'est dangereux que s'il est utilisé par quelqu'un de mal intentionné. Mais comme il n'y a pas de gens méchants dans la forêt, il réfléchit aux avantages que l'anneau pourrait apporter.

Le jour suivant, tout le monde est convoqué. Le gnome-magicien ouvre le Grand Livre à la page 777 : « Toi, Cœurdelion, le plus courageux de nous tous, viens ici. » Puis le gnome-magicien s'adresse au géant et lui dit : « Toi aussi, Barberousse, approche-toi ! » Le géant s'avance, en prenant garde de n'écraser personne. Dans un grand

....et que faisais-tu dans le ventre du Dragon ?"

....et voici deux Géants....

silence, Gentiane ordonne :
« Répétez après moi : Gnome Téobrome orum orim...

– Gnome Téobrome orum
orim, répètent Cœurdelion et Barberousse.

– ... Biribiscum Biribiscum
Abracadabra Basiliscum. »

Pendant qu'ils prononcent la formule magique, Gentiane touche, du
pouce et de l'index, l'anneau posé
sur un coussin de velours rouge. Un
« oh » de stupeur résonne alors et
tous font un bond en arrière.
Quelque chose d'incroyable vient de
se produire : le gnome Cœurdelion
est devenu aussi grand qu'un géant,
et Barberousse aussi petit qu'un
gnome !

« Que m'arrive-t-il ? » crie Barberousse d'une toute petite voix. Il
tente de s'échapper, mais Cœurdelion allonge la main : « Ah ! Ah ! où
t'en vas-tu mon joli ? Viens ici ! »

Alors le gnome-magicien se dit
en lui-même :

« Cet anneau magique peut
devenir terriblement dangereux !
Nous devrons l'utiliser avec une
grande prudence ! Si Cœurdelion le
voulait, il pourrait nous faire tous
prisonniers ! » Haussant la voix, il
ordonne : « Cœurdelion, Barberousse ! Reprenez immédiatement
votre taille normale ! »

Mais avant d'avoir pu prononcer
la formule magique, la terre se met
à trembler, et voilà qu'apparaissent
deux autres géants !

Une gigantesque ivresse

En voyant les deux géants, Barberousse s'écrie : « Barbeblanche ! Barbenoire ! Vous ne me reconnaissez pas ? C'est moi, Barberousse !

— Tu veux rire ! Barberousse est un géant comme nous.

— Mais je suis un géant ! C'est par magie que je suis devenu si petit ; et c'est aussi par magie que ce gnome est devenu grand. »

Barbeblanche et Barbenoire se grattent la tête : « Certes, dit Barbenoire, celui-là a bien l'air d'un gnome...

— Et celui-ci, même si petit, ressemble bien à Barberousse, dit Barbeblanche.

— Mais, ajoutent-ils, nous ne croyons pas à la magie ! »

Le gnome-magicien s'exclame alors : « Ah, vous n'y croyez pas ? Très bien, venez donc par ici ! » Et il se tourne vers l'estrade où se trouvent le livre et l'anneau. « Vous allez répéter les paroles que je prononcerai. Si vous avez peur...

— Peur, nous ? Et de qui ? Allez, ne perdons pas de temps ! Que devons-nous dire ?

— Dites avec moi : Gnome Téobrome orum orim. Biribiscum Biribiscum Abracadabra Basiliscum ! Toi aussi, Cœurdelion, répète la formule, tu dois reprendre ta taille normale.

— Gnome Téobrome orum orim. Biribiscum Biribiscum Abracadabra Basiliscum ! » répètent ensemble les deux géants et Cœurdelion qui deviennent de la même taille que les gnomes. « Mais... mais... mais... » bégaient les pauvres géants, épouvantés.

...quoi !... que se passe-t-il ?!! bégaient les pauvres Géants.

Barberousse, qui s'est bien adapté à sa nouvelle taille, les rassure. Il plaisante avec ses deux compagnons.

« Et toi, Barbenoire, tu as mangé ton sabot ?

– Mais non ! Je l'ai perdu, il y a quelques jours en traversant un torrent, et le courant l'a emporté. »

Pendant ce temps, chacun se demande ce qu'il aurait fait, s'il avait disposé de l'anneau magique. Mais Gentiane, du haut de l'estrade, les prévient : « Celui qui s'approchera de l'anneau et qui l'effleurera sans en avoir l'autorisation, finira comme Zago. »

Au village, tous décident que chacun aura droit à un pichet de cidre pour fêter ce jour extraordinaire. Dès le premier pichet, Barbenoire et Barbeblanche sont bien gais ; ils se proposent pour aider à distribuer le cidre. Mais personne ne se rend compte que nos deux larrons (qui n'avaient jamais goûté de cidre auparavant), chaque fois qu'ils puisent dans le tonneau avec le pichet, dégustent une gorgée de cidre au passage. Et ils deviennent complètement ivres. Ils commencent à rire, à se bousculer, à sauter d'un tonneau à l'autre ; le cidre coule à flots, inonde la cave. Et finalement, ils empoignent le sommelier et le jettent dans un tonneau.

« A l'aide ! A l'aide ! » hurle le gnome, lorsqu'il réussit à sortir du tonneau. « Venez tous ! » Un groupe de gnomes réussit à immobiliser les deux ivrognes. « Vous serez punis pour votre conduite, hurle le gnome-magicien, indigné. C'est une chose qui ne nous arrive jamais, à nous ! Plongez-les dans l'eau froide et mettez-les dans des tonneaux vides ! »

Et les deux anciens géants se retrouvent, après une cure d'eau froide, prêts à être jugés séance tenante. Pleurnichant, Barbenoire voit son sabot amarré à la berge du ruisseau*. Comme il est loin le temps où son pied avait ces dimensions !

....."C'est mon sabot...."

* Voir dans la même collection *la Fête du printemps*.

La fessée

« Je déclare ouvert le procès de Barbeblanche et Barbenoire, accusés d'ivresse et de tapage. Castor est président de la Cour ; Rat Noir est procureur général, Taupe, avocat de la défense ! »

La Cour est présentée par Hibou, greffier du tribunal. Castor demande : « Qu'avez-vous à dire pour votre défense ? » Barbenoire répond : « Eh bien, nous disons que le cidre était vraiment très bon... » « ... et que, pour cette raison, nous nous sommes retrouvés ivres... » enchaîne Barbeblanche.

Puis, ils concluent ensemble : « En somme, ce n'est pas notre faute ; c'est la faute du cidre !

— Avez-vous entendu, messieurs ? s'exclame l'avocat de la défense, ils se sont enivrés par erreur !

— Erreur ou pas, ils ont vidé les tonneaux de cidre ! crie le procureur, et pour cela, ils doivent être punis ! Je demande vingt tours de machine à fesser !

— Vingt tours ? Mais cela fait cent coups !

— Et c'est encore trop peu, dit le président.

— Ici, dans la forêt, la punition est identique pour tout le monde : des fessées. Mais donner des fessées fait mal aux mains. C'est pourquoi Renard a construit la machine à fesser.

— Comment est-elle ? Ça fait mal ? interrogent Barbenoire et Barbeblanche, apeurés.

— Vous verrez bien ! »

Paf ! Paf ! Paf !... Barbenoire crie :

« Doucement ! Doucement ! Combien de coups me donnerez-vous ?

— Cent coups, et tu en mériterais davantage ! » répond le gnome-magicien, qui, assis à son pupitre, prend des notes sur tout ce qui se passe, pour les retranscrire dans le Grand Livre de la Justice : 36... 37... 38... Paf ! Paf ! Paf !

Ainsi fut exécutée la sentence.

....Pensez-vous interdire le cidre?" demande Taupe.

Encore un peu secoués, les deux ex-Géants vont trouver Gentiane:
«Nous avons été punis; maintenant, nous voudrions retourner dans notre pays, chez les Géants, pas chez les Gnomes.»
«Je vous accorde cela; mais si l'Anneau magique vous fait retrouver votre taille de Géants, il ne faudra pas en profiter pour vous venger. Sinon, en un éclair, l'Anneau vous rendra mille fois plus petits qu'une fourmi.»
«Vous avez notre parole,» s'écrie solennellement Barbenoire. Puis il demande à voix basse: «Pourrais-je récupérer le sabot que j'ai perdu?»
Ils retrouvèrent leur taille de Géant. «Ah,» dit Barbeblanche, «merci de nous avoir fait redevenir comme nous étions. En reconnaissance, nous allons vous laisser un cadeau-surprise.»
Les deux Géants partent alors dans la Forêt. Barberousse et Gentiane les saluent en criant: «Souvenez-vous de ne boire que de l'eau!»

Graines de géants

Les géants sont partis ; et tous se pressent avec curiosité autour du petit sac qu'ils ont laissé :

« Que contient ce sac ? » se demandent-ils. Le gnome-magicien répond : « Du calme ! Nous allons le voir tout de suite ! » Il ouvre le petit sac... et y trouve des graines.

« Moi qui pensais que c'était des sucreries ! » murmure Taupe. Echalote, le gnome-jardinier s'écrie :

« Comment, des sucreries ! Ce sont des graines ! Regardez ! Des graines de radis, de céleris, de tomates, d'oignons, de poivrons ! Elles sont comme les nôtres, juste un peu plus grosses. Donnez-les moi : je vais essayer de les semer. »

Echalote plante les graines dans la terre. Puis, il sarcle et arrose avec soin. Chaque jour, il se rend au

...bloup ! bloup ! bloup !

jardin, pour voir si des pousses apparaissent ; mais, malgré le soleil, il ne remarque absolument rien, pas la moindre tige, rien !

« C'est étrange, grogne-t-il, rien ne germe. Les géants nous ont joué un bon tour ! »

Les jours passent et plus personne ne s'intéresse aux graines ; pas même Echalote qui, lorsqu'il va au jardin, ne regarde plus l'endroit où il les a plantées. Mais un jour, après une nuit de grosse pluie, alors qu'Echalote fait la sieste, étendu sur une motte de terre...

« Bloup ! » La terre semble exploser sous sa tête. Echalote se sent projeté en l'air : « Un tremblement de terre ! Un tremblement de terre... ! »

Il regarde autour de lui, sans comprendre, terrorisé. Il a l'impression d'être devenu minuscule ! Plus petit que le céleri qui est près de lui. Comment est-ce possible ?

Au même moment sort de terre un gigantesque radis !... Bloup ! Bloup ! Bloup !... et à chaque bloup, une énorme pousse sort de terre !

« Les graines des géants ! hurle Echalote. Voilà ce que c'est ! Elles donnent des plantes gigantesques ! » Il se relève et court au village en criant : « Venez voir ! »...

Voilà comment les gnomes et les habitants du Joli Bois ont maintenant des tomates, des radis et des céleris géants ; des poivrons, des carottes et des oignons immenses ; bref, une quantité suffisante pour nourrir tout le monde pendant un an ! Bien sûr, on ne peut pas préparer ces légumes avec des couteaux normaux ; le problème est résolu en fixant, à la roue du moulin, un engrenage actionnant une scie. La roue tourne et la scie découpe de superbes tranches de courgettes ! Et quels beaux quartiers de tomates ! Echalote va et vient, tout fier : « Cette récolte est mon œuvre ! Quand je pense qu'on a fessé les géants qui nous ont laissé ces graines extraordinaires...

– Si on leur avait donné cent coups de plus, qui sait quel autre beau cadeau ils nous auraient fait ! » s'écrie Castor en larmes... après avoir coupé un immense oignon.

...."Quelqu'un est mort ?" demande Rat Noir ému.
"Non, non !... C'est l'oignon..."répond Castor en larmes.

Les bulles volantes

Ce fut un hasard. Combien d'inventions sont nées par hasard ! Voilà comment cela arriva : les grenouilles, on le sait, n'ont pas peur de l'eau ; chaque jour, elles vont faire des bulles de savon chez Mangefeu. En effet, depuis quelque temps, le gnome-forgeron essaye de trouver une mixture de savon, qui viendrait à bout des vilaines taches noires occasionnées par son travail. Et pendant qu'il continue ses expériences, les grenouilles font des bulles avec ses essais de mixtures. Cette fois-ci, les bulles n'éclatent plus, elles s'envolent, en restant intactes.

Mangefeu regarde, étonné, les bulles qui s'envolent : « Pauvre de moi ! J'ai dû boire un peu trop d'eau-de-vie de pomme ! J'ai mis de la colle dans le savon ! »

Mais Cœurdelion a une idée : « Ces bulles sont incassables ! Si on parvenait à s'y attacher, on pourrait voler ! L'idéal serait de rentrer à l'intérieur... »

Le gnome va s'asseoir sous un chêne et se concentre : « Voler ! Mais comment ? C'est simple : en mettant une hélice sur la bulle. Mais comment y entrer sans la casser ? C'est simple : il suffit de se mettre dans l'eau savonneuse avant que la bulle ne soit formée ! Oui. Mais comment obtenir des bulles assez grandes ? Qui a assez de souffle ? C'est simple : Barberousse. Oui, mais Barberousse n'est plus un géant. C'est simple : nous allons le faire grandir avec l'anneau magique. Quelle invention, mes amis ! »

L'idée de Cœurdelion plaît à tout le monde. On fait redevenir Barberousse aussi grand qu'auparavant. Pendant ce temps, on prépare une énorme pipe, ainsi qu'une gigantesque bassine d'eau savonneuse avec un peu de colle. On confectionne des hélices à pédales ; les gnomes qui veulent voler (et ils sont nombreux !) vont se placer dans le fourneau de la pipe. Le géant

....Soufflez !! Soufflez !....

souffle et la bulle, avec le gnome à l'intérieur, s'envole !

Mais Cœurdelion a un projet qui lui tient à cœur. Faucon Pèlerin, voyageur infatigable, lui a raconté avoir vu jadis, dans l'Ile-du-Volcan, des pierres lumineuses, chaudes comme des pommes de terre au four : « Ah ! Si je pouvais me procurer un de ces cailloux, je ne craindrais plus le froid de l'hiver ! Mais l'île est si loin ! Et dans la bulle, au bout d'un moment, l'air se fait rare ! »

Cœurdelion n'est pas un gnome qui se décourage : il s'entraîne à pédaler et à retenir son souffle. Ainsi, il volera plus longtemps. « Je veux aller à l'Ile-du-Volcan et revenir !

– Mais tu es fou ! C'est beaucoup trop loin ! Tu n'y arriveras pas ! »

Enfin, le têtu Cœurdelion se sent prêt, et il part. Tout le monde le regarde décoller dans sa bulle. « Pauvre Cœurdelion ! Espérons qu'il reviendra ! » Un jour passe, puis un autre, et un autre encore ; toujours pas de Cœurdelion !

« Dans la bulle, l'air ne peut durer plus de deux jours, dit Gentiane.

– Préparons une équipe de secours ! » propose Hibou.

Tout à coup, quelqu'un s'écrie : « Là ! Regardez dans le ciel ! »

C'est Cœurdelion, avec une pierre lumineuse qui laisse une traînée de vapeur derrière elle ! « C'est bien lui ! crie Géranium en regardant avec les jumelles. Il a une pierre dans le filet, sous la bulle ! »

Pendant que la foule applaudit et que l'orchestre joue l'Hymne de l'Omelette, Cœurdelion se pose sur le sol. Il est épuisé, mais il a réussi : la pierre lumineuse lui tiendra chaud tout l'hiver.

.... À bout de forces, il se prépare à atterrir ....

Un merveilleux voyage

Depuis quelque temps, au village, on ne parle plus que de voyages. C'est la mode des boussoles, des cartes géographiques, des jumelles. Les coccinelles, les grillons et les fourmis s'amusent à faire semblant de voyager sur des petits trains en bois. Le gnome Géranium s'est même associé à Barberousse et aux souris Sœurettes pour créer une agence de voyages ! Cependant, Géranium et Barberousse ne sont jamais au bureau ; ce sont les souris Sœurettes qui répondent à ceux qui se présentent :

« Non, nous ne pouvons vous dire où sont nos associés. Mais si vous voulez, nous pouvons vous vendre des billets de loterie.

– Loterie ? Quelle loterie ?

– Comment, vous ne savez pas ? Il se prépare un grand voyage, et ceux qui possèdent un billet gagnant pourront voyager gratuitement.

– Et comment voyagera-t-on ? Par eau, par terre ou par air ?

– Nous ne pouvons rien dire. Achetez des billets : trois francs-coquillages par personne ! »

Et tous les billets furent vendus.

Un jour, Faucon Pèlerin, revenant d'un de ses vols, dit :

« Savez-vous ? J'ai vu Géranium et Barberousse travailler dans la grotte du Rocher-aux-Sapins. Je ne sais pas ce qu'ils font, mais je les ai entendus taper et scier.

– Je ne comprends pas, murmure le gnome-dentiste. Quel rapport y a-t-il entre la menuiserie et les voyages ? »

Le jour du tirage au sort arrive enfin ; une des souris (les yeux bandés) tire les billets ; et Géranium lit les chiffres :

« Série AB, numéro 143 !

– J'ai gagné ! s'écrie Hérisson.

– Série CD, numéro 561 !

– Parbleu, c'est mon numéro ! clame le gnome-forgeron.

– Le départ est pour demain ! Rendez-vous à 7 heures dans la prairie, sous l'ormeau à côté du torrent. Emportez des chaussures confortables, du linge et de quoi faire la cuisine. Tant pis pour les retardataires !

...« Qui a le billet... série AB, numéro 143 ? »

– Mais quel moyen de locomotion utiliserons-nous ? demandent les gnomes et les petits animaux.

– Vous le saurez au dernier moment ! »

Le matin suivant, tous ceux qui se sont inscrits pour le voyage attendent impatiemment sous l'ormeau près du torrent. Mais ils ne voient ni Géranium, ni les souris Sœurettes, ni le géant.

« Et si tout cela n'était qu'une farce ?

– Oh ! ce serait absolument impardonnable ! s'écrie Ecureuil.

– Et pourtant, murmure le gnome Genêt, j'en ai peur...

– Chut ! Chut ! Entendez-vous ce bruit ? » crie Grenouille. En effet, on entend bien un bruit, même deux : les pas du géant et une sorte de grincement, de craquement...

« Oooooh ! » s'écrient-ils.

Lentement le géant s'avance. Sur ses épaules repose un long pieu auquel sont accrochées deux cabanes à terrasses, avec des stores rayés rouges et blancs, des escaliers de bois, des échelles de corde : voilà donc à quoi travaillaient Géranium et Barberousse !

« Messieurs les voyageurs, en route ! crient les souris Sœurettes. Tenez vos billets à la main et prenez place dans les cabanes ambulantes ! Nous partons ! »

Au dernier moment, Gentiane, qui avait acheté un billet, aperçoit Zago pleurant dans un coin. « Je n'ai pas de billet », sanglote celui-ci. Alors, sans se faire voir, Gentiane aide Zago à monter clandestinement.

Avec des cris de joie et d'enthousiasme, tous les voyageurs prennent place et la randonnée commence. Barberousse se déplace lentement, à grandes enjambées régulières et tranquilles, à travers bois, prairies et collines.

Ecureuil se balance sur une échelle de corde ; un gnome a apporté une guitare...

Le soir, on s'arrête. On allume un feu, on fait à manger, on chante, on bavarde : « Ah mes amis, quelle aventure ! » Une des souris, efficace comme toujours, tient un journal de voyage, pendant que Loir dort et ronfle tranquillement.

Tous sont heureux... surtout Zago : personne ne s'est aperçu qu'il n'avait pas de billet !

....Quand le soir tombe, toute la troupe campe....

La forêt de la grande fée

Le voyage dure maintenant depuis plusieurs jours. Que d'endroits nouveaux et que de belles choses ils découvrent ! On parle déjà de retour quand, un après-midi, le géant et ses passagers arrivent dans une forêt qui a quelque chose d'étrange. Au bout d'un moment, le géant bâille, dépose les deux cabanes et, prétextant un repos nécessaire, s'endort. Nos voyageurs profitent alors de cette halte pour faire un tour.

Dans la forêt on voit partout des buissons de campanules de toutes les couleurs : rouge, bleu, blanc, violet. Quand on les touche, les fleurs tintent avec un petit son délicat qui rend joyeux. Vraiment joyeux. Trop, peut-être, car au bout d'un moment tout le monde se met à rire, à danser, à sauter, à chanter.

Il se passe vraiment quelque chose d'anormal. Gentiane est le seul à résister à cet envoûtement : il est un peu dur d'oreille, et cette musique suave ne l'atteint pas. Zago confirme que cette musique est très étrange ; il s'inquiète et dit :

« Bouchez-vous les oreilles ! N'écoutez pas ! Nous sommes dans la Forêt des Campanules. C'est arrivé, jadis, à mon roi ; l'endroit est dangereux. Au milieu de cette forêt se trouve le château de la Grande Fée. Il faut fuir ! »

Gentiane ne s'affole pas : il se baisse, ramasse un peu de terre humide et s'en bourre les oreilles. Zago fait de même. Ainsi sont-ils les seuls à garder leur sang-froid, au milieu de cette grande fête artificielle. Tout à coup, un nuage de fumée rose se répand dans la végétation et une petite brise légère agite les campanules qui continuent de tinter. Alors, au milieu de la forêt, les deux gnomes aperçoivent un grand château qui semble avoir surgi du néant. Gentiane est impressionné, et le cœur de Zago bat très fort.

.... Gentiane, qui est un peu sourd, s'approche des campanules ....

– Très belles, dit l'une des trois souris Sœurettes.

– Elles auront sûrement de beaux habits, ajoute une autre.

– Auront-elles une baguette magique ? demande Taupe.

– Certainement ! Baguette magique, anneaux magiques, philtres magiques. Tout ce que les fées possèdent est magique », répond le gnome-écrivain.

Taupe a une idée fixe : demander à une fée de creuser un trou dans la terre ; mais un trou profond, si profond que l'on verrait le fond de la terre. Depuis toujours, elle en rêve.

Pendant ce temps, les gnomes martèlent, percent des trous, peignent. Le gnome-magicien, averti le premier de l'arrivée des fées, avait conseillé à ses amis :

« Nous devons faire bonne impression. Il faut que les maisons soient prêtes pour leur arrivée. Vous verrez, ce sera une expérience inoubliable. J'ai connu une fée, quand j'étais jeune et que ma barbe était grise. Elle avait fait disparaître deux doigts de ma main droite, et, soufflant sur mon nez deux jours après, elle les avait fait réapparaître ! »

"Vite ! Les Fées arrivent !"

Le tournoi

Les fées sont arrivées depuis quelques jours dans le village des gnomes. Elles ont visité la Forêt Profonde et fait connaissance de tous ses habitants. Abricote a goûté les spécialités de la cuisine des gnomes : champignons farcis au fromage, petits pois à l'eau-de-vie de pomme, fraises, framboises et myrtilles à la crème. Mais les gnomes et les habitants du Joli Bois ont, en grand secret, préparé quelque chose de spécial : un tournoi !

Un vrai tournoi, avec des chevaux (des chevaux-tortues, bien sûr...), des chevaliers, des bannières, des lances, des récompenses, et tout le reste.

Une tribune a été construite sur la place du village pour les six « invitées d'honneur ».

La place est recouverte de terre rouge et les allées où les chevaliers doivent s'affronter sont tracées avec de la farine blanche.

Derrière la palissade, les concurrents se préparent. Sans aucun doute, Barberousse le géant est le favori. L'anneau magique de Gen-

"Il va sentir le coup, Barberousse..."

L'aventure des rats jumeaux est originale : l'un des deux, qui est gaucher, a demandé à la fée de devenir droitier. Imaginez sa surprise lorsqu'il découvre que son frère a fait la même chose et qu'il est devenu gaucher !

Chenille désire des patins à roulettes pour se déplacer rapidement : « Plutôt petits, s'il vous plaît, madame la fée... », dit-elle poliment.

« Jaune, vert, bleu, lilas, n'importe quelle couleur, pourvu qu'on ne soit pas rouge et surtout pas à points noirs », demandent en chœur les coccinelles.

« Tip ! Tap ! Tip ! Tap ! » Grillon entreprend une démonstration devant la fée : « Je ne peux pas faire de figures originales quand je danse avec deux pieds seulement », se lamente-t-il. Bleuette lui accorde une mini-queue de castor pour battre la mesure. Les fourmis ont voulu des corbeilles sur le dos ; mais elles n'arrivent plus à se déplacer quand les corbeilles sont pleines.

Ils ont tous voulu changer quelque chose... Mais peu à peu, chacun désire redevenir comme avant. Grillon est le premier à se lamenter : « Ouf ! halète-t-il tout en sueur, cette queue est bien lourde ! » Le concert de lamentations augmente, jusqu'à ce que la fée les appelle tous et leur dise en riant :

« Alors, il paraît que vous êtes déçus par mes tours de magie ? Voulez-vous redevenir comme avant ?

– Oh oui, oui ! S'il vous plaît ! Merci, oui, oui !... » répondent-ils tous en chœur.

Et la baguette magique opère un nouveau prodige. Chacun se tâte, incrédule, et encore étonné de ce qui est arrivé.

Alors qu'ils s'éloignent en commentant cette journée extraordinaire, la petite voix de la pauvre Chenille arrive jusqu'à la fée ; ses patins à la main, elle balbutie : « Ils sont trop... trop... rap... rapides pour moi !

– Qui va lentement, va sûrement et va loin... ! » déclare Bleuette.

"C'était peut-être mieux avant !"

Les bonnes glaces

C'est la fin du mois de mai. On commence à sentir la chaleur de l'été tout proche. Les gnomes décident alors d'utiliser les quelques blocs de glace qu'ils ont enfouis pendant l'hiver. Zago, le sorcier de leurs ancêtres, leur a appris à conserver ainsi la glace de l'hiver, pour en disposer l'été.

Voyant tous ces blocs, Abricote, la fée rondelette, pense aux bonnes glaces sucrées du royaume des fées.

« Des glaces sucrées ? s'étonnent les gnomes.

– Vous ne connaissez pas ? dit Abricote, stupéfaite. Comment peut-on penser à l'été sans ces déli-cieuses choses ! » Dans la Forêt Profonde, l'unique sucrerie connue est le miel des abeilles. Cependant, il est rare et difficile à récolter.

Aussi, quand Abricote leur parle de glaces sucrées, ont-ils tous l'eau à la bouche.

« De la farine, du lait, des œufs, du sucre, demande Abricote, et

"Allons-y pour un autre chargement !"

trois paires de lunettes sur son nez.

Evidemment, l'ourson jumeau du miroir a très mauvais caractère : les deux frères se battent pour un pot de miel.

Quant aux bourdons, ils ont reçu quatre ailes supplémentaires ; s'ils sont plus rapides, ils sont aussi plus fatigués et ne parviennent même plus à voler.

Pendant ce temps, Ortie se frotte les mains : « Venez, venez, il y en a pour tous ! »

Pie adore les bijoux et ne se lasse pas de les admirer. Subitement, elle a une idée bizarre : « Des bijoux, j'en ai suffisamment ; un double collier, c'est commun. Je ne voudrais pas non plus me promener trop endimanchée. Je vais me faire doubler un miroir, ça oui ! Et si j'en casse un... mais j'espère que ça n'arrivera pas, car un miroir cassé est un mauvais présage... »

Tout en parlant, elle arrive près du miroir magique, et avant qu'Ortie ne l'arrête, met son miroir devant celui de la fée. Avec un grand fracas de verre brisé, le miroir magique se rompt en mille morceaux.

Miroir contre miroir est la seule chose qu'on ne doit pas faire. L'un des deux se brise fatalement ; ce fut celui de la fée, plus grand mais plus fragile.

Somme toute, ce n'est pas un grand mal car cette expérience de doublage a provoqué plus de désagréments que d'avantages.

« Patience, pense Ortie. Je commençais à me divertir ! Mais je trouverai vite un autre passe-temps... ! »

"Oh ! Quel dommage ! j'ai cassé le Miroir Magique...!" dit Pie.

Le concert

L'anniversaire de la Grande Fée est proche, et Orchidée ne l'a pas oublié.

Un étourdi demande l'âge de la reine des fées.

« C'est un secret, répond Orchidée. D'ailleurs, il y a beaucoup d'autres choses que nous ne pouvons vous dire, sur nous. »

Grâce à sa boule de cristal, le gnome-magicien reste en contact avec le château de la Grande Fée, et converse souvent avec elle. Désirant lui faire un beau cadeau, il se souvient avoir vu dans son grenier une autre boule de cristal.

Ayant astiqué un vieux coffret précieux, il y met la boule et charge Orchidée de l'apporter. Perchée sur sa planche volante, elle s'éloigne rapidement.

« Quel beau cadeau ! Je dois tous les remercier, aussi bien les habitants du Joli Bois que les gnomes ; mais spécialement leur chef Gentiane.

– Oui, ma reine, répond Orchidée, ils sont très gentils, et nous passons de merveilleuses vacances chez eux. Leur vie est tranquille et joyeuse, et ils désirent te faire plaisir. Nous préparons une surprise pour ton anniversaire. A minuit, ouvre le coffret et écoute ! Je ne puis rien te dire d'autre. »

Et, saluant la reine d'une grande révérence, Orchidée se hâte de repartir pour participer aux répétitions. Oui, aux répétitions ; car la surprise, c'est un magnifique concert !

« Moins neuf, moins huit... », chacun accorde son instrument ;

Gentiane entre en contact avec la Grande Fée....

138

Tulipe goûte tout, allant de l'un à l'autre ; un doigt dans la crème ici, un petit morceau grignoté là, une cerise ramassée chez un autre, le tout accompagné de phrases de ce genre :

« Comme c'est bon ! »

« Quelle délicatesse ! »

« Merveille des merveilles ! »

« Hmmmm ! c'est bien sucré ! »

Ils reçoivent tous des compliments et des éloges à n'en plus finir. Mais de gagnant, point. Tulipe, goûtant à droite et à gauche, ne cesse de s'empiffrer.

La chose commence à irriter les autres fées qui ont, elles aussi, participé au concours.

« Je crois que celle qui a organisé le concours a voulu faire ripaille à nos dépens ! »

Le doute s'installe chez chacun. Pendant ce temps, la dégustation continue, accompagnée de compliments, sans que jamais ne soit prise la décision de récompenser le meilleur.

C'est le géant qui, sans le vouloir, provoque le début d'un grand désordre. A un moment donné, fatigué du va-et-vient inutile de Tulipe, il grommelle : « Si elles sont toutes bonnes, récompensons la plus grosse ! »

Abricote est sûre que personne ne peut faire mieux qu'elle ; en entendant ces mots, elle s'écrie, exaspérée :

« Goûte ça, avant de parler ! » et elle lance sur la tête du géant son exquise tourte.

C'est le signal de la bataille.

Chacun a écouté avec déplaisir les compliments adressés aux tourtes des autres et a, en quelque sorte, un ennemi devant lui.

Les tourtes commencent à voler d'un bout à l'autre de la table. Les tirs, d'abord timides, se font ensuite plus précis. Gnomes, animaux et fées rient de leurs exploits, jusqu'à ce qu'une chose sucrée et collante vienne interrompre leur gaieté. Tulipe s'est éloignée et contemple la scène. Il ne lui était jamais arrivé de goûter autant de pâtisseries en un seul jour, et maintenant elle savoure le spectacle. Tout cela, avec la seule fatigue d'avoir écrit quelques lettres.

« Vous voulez tous gagner ! Hi ! Hi ! » Mais elle ne peut terminer sa phrase. Devant elle, quelqu'un s'est baissé pour éviter un énorme beignet à la crème. Tulipe se retrouve par terre, avec un seul œil ouvert, l'autre recouvert, comme tout son visage, de crème jaune : la scène lui semble tout à coup moins attrayante !

« A malin, malin et demi ! »

Splatchhh !!!

Un croissant
de lune

Jamais personne n'avait pensé que les couleurs bariolées du perroquet de la fée noire lui venaient de sa nourriture. « Il ne mange que des pétales de fleurs aux couleurs éclatantes, explique Pivesèche. La provision que j'ai apportée est épuisée. Qui veut m'aider à cueillir d'autres fleurs pour mon perroquet ? »

Le perroquet n'est pas très sympathique ; il se donne des grands airs. A cause de ses couleurs et parce qu'il est protégé par la fée noire, il regarde tout le monde de haut. De plus, sa manie de tout répéter est agaçante.

Un gnome s'offre cependant pour ramasser les pétales colorés ; il confie à son ami qu'il a un motif bien précis : « Ainsi, nous demanderons quelque chose en échange. Comprends-tu ? J'ai une idée qui pourrait me rendre célèbre. » L'ami se fait raconter le projet, et avec d'autres, ils forment un petit groupe.

Ils ramassent des pétales jusqu'à ce que Pivesèche puisse préparer la soupe colorée pour son perroquet. Enfin, comme prévu, la fée demande : « Que puis-je faire pour vous en échange de votre gentillesse ?

— Eh bien, vraiment... nous ne savons si nous pouvons... nous avons un désir, mais nous ne voudrions

pas abuser... il est vrai que si vous pouviez...

— Enfin, que voulez-vous ? N'ayez crainte, demandez ; nous, les fées, sommes habituées à tout. Moi qui suis une des plus vieilles, j'en ai vu de toutes les couleurs.

— Voici : nous désirons aller sur... sur... sur la lune !

— Sur la lune ? répète la fée. Ça n'est jamais arrivé, mais... nous essaierons. »

Pivesèche reste un peu pensive puis se met à frotter l'anneau magique qu'elle porte à l'index. « Dans trois jours, il y a un nouveau

"Voici ta soupe..."

quartier de lune ; sur ce croissant, j'appuierai une très longue échelle. Vous n'aurez qu'à gravir et vous serez sur la lune. Allez donc vous préparer ! »

Trois jours après, autour de l'échelle, il y a une telle cohue que le petit groupe arrive difficilement à s'approcher des premiers barreaux. On envie ceux qui, d'ici peu, marcheront les premiers sur cette lointaine planète. « Si j'avais su, moi aussi je serais allé ramasser des pétales pour le perroquet », se disent certains. Mais il est trop tard. Les élus commencent l'escalade, sous les vivats de la foule.

Les bourdons sont les premiers à partir, tout en se reposant souvent sur les barreaux.

Les autres grimpent, mais de plus en plus lentement, car la fatigue commence à se faire sentir. La lune est toujours là, immobile.

Le temps passe, mais elle ne semble guère plus proche. Les bourdons sont les premiers à abandonner. Ils descendent en parachute, car ils ne peuvent même plus battre des ailes. Les gnomes et leurs amis comprennent leur erreur : aucun d'entre eux n'aura jamais la force de gravir une échelle aussi longue. Il faut redescendre. C'est une retraite dramatique car, en regardant au-dessous, ils ont le vertige et tremblent de peur. Enfin, tant bien que mal, ils retrouvent la terre ferme.

Pivesèche les attend : « Mes pauvres amis ! Vous êtes si fatigués ! J'ai ramassé vos sabots, tombés alors que vous montiez. » Elle caresse Ourson qui semble le plus épuisé de tous, puis les amène vers une table : « Ces tranches de melon sont pour vous ! Elles sont dorées comme la lune, et elles sont beaucoup plus proches ! »

"Consolez-vous avec ces tranches de melon ; elles ressemblent à des croissants de Lune..."

146

La vengeance de l'anneau

Un jour, alors que le gnome-magicien est parti cueillir des champignons, la fée Tulipe est prise d'une irrésistible envie de fureter et de jeter un œil dans le Grand Livre des Gnomes. Entrer par la fenêtre, derrière la maison, n'est pas facile.

« Par chance, pense-t-elle en se contorsionnant, je ne suis pas aussi grosse qu'Abricote ! » Voici ce qu'elle découvre : alambics, flacons pour philtres magiques, boule de cristal, différentes sortes de fleurs séchées, sacs remplis de poudres colorées, et là, sur le pupitre, le Grand Livre relié en cuir. Le cœur battant, sachant bien qu'elle fait une chose défendue, elle se met à feuilleter les vieilles pages jaunies. Pendant son séjour, elle a appris l'étrange écriture des gnomes : le Grand Livre peut lui révéler ses secrets.

Entre deux pages, elle trouve l'anneau magique. Elle le met distraitement de côté et continue sa lecture. La fée rousse, avec son grand nez et ses petits yeux n'est certes pas une beauté, bien qu'elle soit très vaniteuse. Par hasard, elle arrive au chapitre qui traite « de la beauté et des enchantements pour devenir plus jolie ».

« Ceci me convient » se dit-elle, tout en recopiant la formule magique. « Je n'aurais jamais imaginé que les gnomes fussent aussi avancés dans la connaissance des produits esthétiques. » Une idée lui

"Au secours !
je deviens de plus en
plus petite...."

traverse l'esprit : « Pourquoi n'en ont-ils jamais profité ? Ils en auraient bien besoin ! Bah ! c'est leur affaire ! », et elle continue de recopier :

« Pour ceux qui ont une longueur de nez excessive, on conseille de le tremper, en comptant jusqu'à 13, à minuit exactement, pendant 7 jours, répétés 7 fois, dans une profonde tasse remplie de la potion suivante : se procurer 33 dés de gelée royale d'une reine d'abeilles en bonne santé. Ajouter goutte à goutte de l'extrait de verveine et mélanger lentement ; ajouter encore une cuillerée de suc de violette. Laisser reposer pendant 3 jours et 3 nuits dans un récipient de cuivre. Se procurer 100 œufs de fourmi, du lait d'escargot, une pincée de soufre, des fleurs de belladone, du pollen de campanule, mettre le tout dans un mortier et réduire en poudre. Ajouter à la potion préparée dans le récipient de cuivre, et vous aurez le remède pour réduire la longueur de votre nez. »

« Voilà, pense la fée, l'occasion de me faire un nez plus beau que celui de Bleuette. »

Mais comment se procurer de la gelée royale ?

Elle se frappe le front : « Avec l'anneau magique, je me rendrai si petite que je pourrai entrer dans la ruche, sans me faire voir. »

Ayant trouvé l'anneau, la fée cherche dans le Grand Livre la formule magique.

Mais l'anneau lui tombe des mains, pendant qu'elle rapetisse.

Elle est si petite que le Grand Livre lui semble avoir les dimensions d'une maison. Passant sous la fente de la porte, elle se retrouve bien vite dans le jardin : les fleurs et leurs feuilles sont comme une immense forêt. Tout ce qui l'entoure devient de plus en plus grand. Elle comprend alors qu'elle continue à devenir plus petite, toujours plus petite, toujours plus petite... L'action de l'anneau magique se poursuit, se poursuit, se poursuit ...

Plus tard le gnome-magicien, revenant de sa cueillette, trouve l'anneau par terre, à côté du Grand Livre.

« J'aurais juré l'avoir laissé entre les pages, murmure-t-il. Mais si quelqu'un est venu fouiller, il ne sait pas que toutes les formules magiques doivent être lues à l'envers ! Celui qui les lit telles qu'elles sont écrites subit le grand maléfice ! »

"Bizarre !... "

Le Roi des Abysses

Pie ayant cassé en mille morceaux le miroir magique d'Ortie, cette dernière est à la recherche d'une plaque de verre. Les miroirs des fées ne sont pas vraiment en verre, mais en glace ; une glace spéciale, très rare, car elle nécessite une eau très pure. Voilà pourquoi, au début de l'hiver, Ortie se met à chercher un miroir d'eau, d'une eau exceptionnellement transparente. Elle arrive jusqu'au pôle ; et là, sa jambe de bois fait craquer la surface glacée. A travers la fine pellicule gelée, Ortie voit tous les plus petits détails du fond. Elle s'apprête à emporter un morceau de cette merveilleuse glace, lorsqu'un point lumineux attire son attention.

Cinq perles magnifiques reposent au fond de l'eau. Ortie sent son cœur battre plus fort : même la Grande Fée n'en possède pas de pareilles. Un bain froid ne l'attire guère, mais la tentation est grande. Les perles brillent toujours plus ; elle ne résiste pas. Après une pro-

fonde inspiration, elle plonge : elle sent un grand froid, mais les perles sont là, toujours plus proches. Il y a aussi des colliers, des diadèmes, des bagues, des vases précieux : le plus grand trésor que « même » une fée puisse imaginer se trouve là, devant elle, à portée de sa main.

Elle ne sent plus le froid. Elle touche, regarde, essaye ; étrangement, la quantité d'air inspiré lui suffit. Puis elle s'aperçoit qu'elle n'a plus ses vêtements, et que sa jambe de bois et sa vraie jambe ont dis-

Lorsqu'elle reste au milieu des bouleaux, elle peut entendre le rossignol, mais dès qu'elle s'avance, il se tait.

Désormais, cette musique l'obsède. Il ne lui suffit plus de l'entendre de loin, elle veut s'en approcher, l'écouter encore plus, comme si elle voulait la faire sienne. Soudain, elle se souvient qu'elle peut profiter de son pouvoir de fée pour atteindre son but.

Se concentrant longuement, elle pousse un grand soupir, et se transforme en fauvette.

Alors, du petit bois de bouleaux, elle s'envole sans peine jusqu'aux premiers sapins. De là, elle réussit à situer d'où vient la mélodie. Elle entre dans la forêt en volant d'un buisson à l'autre, jusqu'au milieu des grands arbres. Elle s'approche... Son cœur de fée, qui est devenu le petit cœur d'un oiseau, est ému et bat très fort : elle voudrait tant chanter avec son ami rossignol ! Elle est tout près, elle peut le voir, là, derrière un sapin.

Seul un buisson épineux la sépare de cette voix qu'elle a tant cherché à rejoindre ; elle vole et pose ses pattes sur une branche sèche, allonge son petit corps entre les épines pour voir le rossignol dans la lumière. « Le voilà » se dit-elle, tout en ouvrant son bec pour le saluer. Mais disant cela, elle s'empale sur une grosse épine de cette ronce qui est vénéneuse. Le jour suivant, deux gnomes trouvent la pauvre fauvette près du terrible buisson. Une petite tache de sang macule le blanc de son ventre, ses yeux sont fermés pour toujours. Les gnomes ignorent ce qui s'est passé. Ils creusent un trou pour y mettre le petit oiseau, et le couvre de fleurs. Seuls, les habitants de cette partie de la forêt remarquent que le rossignol vient, depuis ce jour, se poser sur ce buisson pour chanter.

Puis il arrive une chose extraordinaire : trois jours après le drame, les épines de ce buisson tombent une à une et... Miracle ! A leur place s'épanouissent des fleurs particulièrement parfumées.

...et le buisson fleurit...

Cœur de Fée

Les gnomes et les habitants du Joli Bois ne se sont jamais consultés pour savoir à laquelle des six fées allait leur préférence. Mais on peut dire avec certitude que Bleuette est celle qui remporte tous les suffrages. Gentille avec tous, toujours aimable, elle ne fait jamais sentir qu'elle est une fée de première classe. Car les fées sont divisées en trois classes ; et seules les plus méritantes reçoivent de la Grande Fée le grade de première classe.

Après l'épisode de la baguette magique qui les a tous stupéfaits, personne n'a plus revu cette fameuse baguette. Il semble que Bleuette l'ait volontairement cachée, pour se rendre semblable à ses nouveaux amis. Elle va souvent chez les souris Sœurettes prendre le thé et babiller. Gnomes et animaux sont touchés par sa grâce ; ils lui demandent conseils et aide, et sont charmés par son amabilité.

Giroflée est le seul à ne jamais s'en approcher ; il semble même l'éviter. Pourtant, depuis le jour où il a gagné le tournoi et a reçu un baiser de Bleuette, il la regarde sou-

« Dehors le coupable ! hurle de nouveau le gnome-magicien. S'il ne s'avance pas, vous serez tous punis ! »

Mais personne ne se lève. Les habitants du Joli Bois qui assistent à la scène sont effrayés.

Cœurdelion fait un pas en avant. « C'est moi », hurle-t-il en regardant Gentiane droit dans les yeux. « Punissez-moi. »

Il est ligoté, et porté à la machine à fesser qui n'a pas fonctionné depuis bien longtemps.

Puis l'assemblée est dissoute. Justice est faite. Mais non, ce n'est pas fini. Deux gnomes qui sont partis tailler du genêt, voient dans les hautes herbes l'un de leurs compagnons qui cherche à se cacher. Il a le visage tuméfié. « Que t'est-il arrivé ? » demandent-ils ; et lui de leur répondre en pleurnichant : « Ce sont les abeilles guerrières ! »

Tout est à refaire ! Quant à celui qui s'est avancé pour éviter une punition collective à ses compagnons, qui donc lui enlèvera les brûlures non méritées de la machine à fesser ? Tous, et particulièrement Gentiane, se sentent coupables de cette injustice.

Mais Abricote remédie à tout cela. Elle donne au gnome encore abruti par les coups, un petit verre d'un élixir bleu : le nectar des fées.

Etant la cuisinière préférée de la Grande Fée, elle est la seule à connaître le secret de cette potion extraordinaire.

Pour éviter qu'un tel événement se reproduise, la fée donne au gnome-magicien un merveilleux cadeau : les plans d'une machine à évaluer les bonnes actions et à récompenser les plus méritants.

« Je dois partir, annonce alors Abricote. La Grande Fée me réclame au château. Je suis triste de vous quitter, mais je dois obéir ! »

En vain Gentiane, à travers sa boule de cristal, essaye de persuader la Grande Fée de leur laisser Abricote encore quelque temps. Seule Pivesèche, la fée noire, en vertu de ses innombrables années, a la permission de prolonger son séjour chez les gnomes.

Abricote graisse ses rouleaux à pâtisserie et repart, tandis que les mouchoirs s'agitent.

Le dernier à la saluer est le perroquet de la fée noire. Il nasille : « Bonjour à la Grande Fée, bonjour à la Grande Fée ! »

161

La pirogue

Tout a commencé par hasard. Si Gentiane, le gnome-magicien, n'avait pas décidé, un beau jour, de construire la pirogue de ses ancêtres, les habitants du Joli Bois, les gnomes, la fée noire et le géant n'auraient jamais rencontré les héros de ce livre : les lutins.

Mais venons-en aux faits.

Pour construire cette pirogue magique, on ne doit utiliser qu'un seul arbre : celui qu'a planté le roi des gnomes, des siècles auparavant.

Au fil des ans, l'arbuste est devenu un arbre gigantesque. « Mais attention, prévient Gentiane, soyez prudents en le sciant, car les arbres de cette forêt renferment bien souvent des lutins. Ces étranges petits êtres sont bien connus pour leurs farces... » Les

croquis de la pirogue des ancêtres

gnomes-bûcherons arrivent donc sur place, et se mettent au travail après quelques hésitations. Hélas, Génépi les a accompagnés ; et ce gnome porte toujours malheur, exactement comme le gnome Trèfle-à-quatre-feuilles porte chance. Enfin, après de rudes efforts, l'arbre est abattu.

« Regardez ce qui sort de l'arbre ! C'est sûrement un lutin, l'un de ces êtres dont parlait Gentiane ! Que va dire le gnome-magicien ? On savait bien que Génépi portait malheur !... »

Cependant, trois lutins sont sortis du centre du tronc scié.

« Bonjour vous tous ! Pourquoi faites-vous ces têtes ? Serait-ce qu'on s'ennuie chez vous ? Et pourquoi avez-vous des barbes ?

— J'espère qu'il n'y en a pas plus de trois, grogne Genêt, le chef d'équipe, qui commence à s'inquiéter.

— Maintenant que vous avez scié notre maison en deux, vous devez nous emmener avec vous ! » dit l'un d'entre eux.

Ces trois lutins sont vraiment insupportables. Sur le chemin du retour, ils ne perdent pas de temps : ils veulent rattraper toutes ces années passées enfermés dans l'arbre. Les gnomes, peu habitués à leurs plaisanteries, sont vite exaspérés.

Le soir venu, autour du feu, les lutins chantent cette chanson : « Péperin est mon nom, je suis comme le poivre. Mon nom à moi est Acidule, je suis le plus remuant de tous. Et pour finir, coquins, voici Zygoma le farceur ! »

"J'ai l'impression que ces Lutins s'amusent bien..." pense le Gnome-magicien, en observant les étranges Lutins.

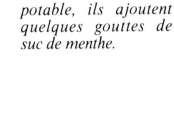

Les lutins utilisent la résine de pin noir, qu'ils récoltent en incisant l'écorce. Ils enduisent des bâtons avec cette résine, et obtiennent des torches.

Mélangée à de la sciure de saule vert, la résine de pin noir sert à préparer les fameux spaghettis « à la Bûcheronne ».

Dans le seau d'eau potable, ils ajoutent quelques gouttes de suc de menthe.

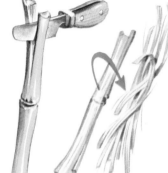

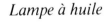

Avec les fibres centrales du roseau, les lutins fabriquent un pain nourrissant qui se conserve longtemps.

Seau et louche

Lampe à huile

C'est avec le bois de sureau que les lutins fabriquent leurs flûtes.

La maison des Lutins

Bien que les gnomes ne soient pas très enthousiastes, les lutins leur annoncent qu'ils ont décidé de rester dans la forêt, avec les animaux du Joli Bois, Barberousse le géant et Pivesèche la fée noire. « Nous ne pouvons plus rester enfermés dans un arbre, comme avant. Nous nous sommes ennuyés pendant des siècles. Si vous nous aidez à construire notre maison ici, nous vous apprendrons des choses que vous ne connaissez pas. »

Les gnomes acceptent et se mettent à construire une maison pour les lutins, dans le tronc d'un arbre. En échange, les lutins expliquent aux gnomes toutes les recettes que

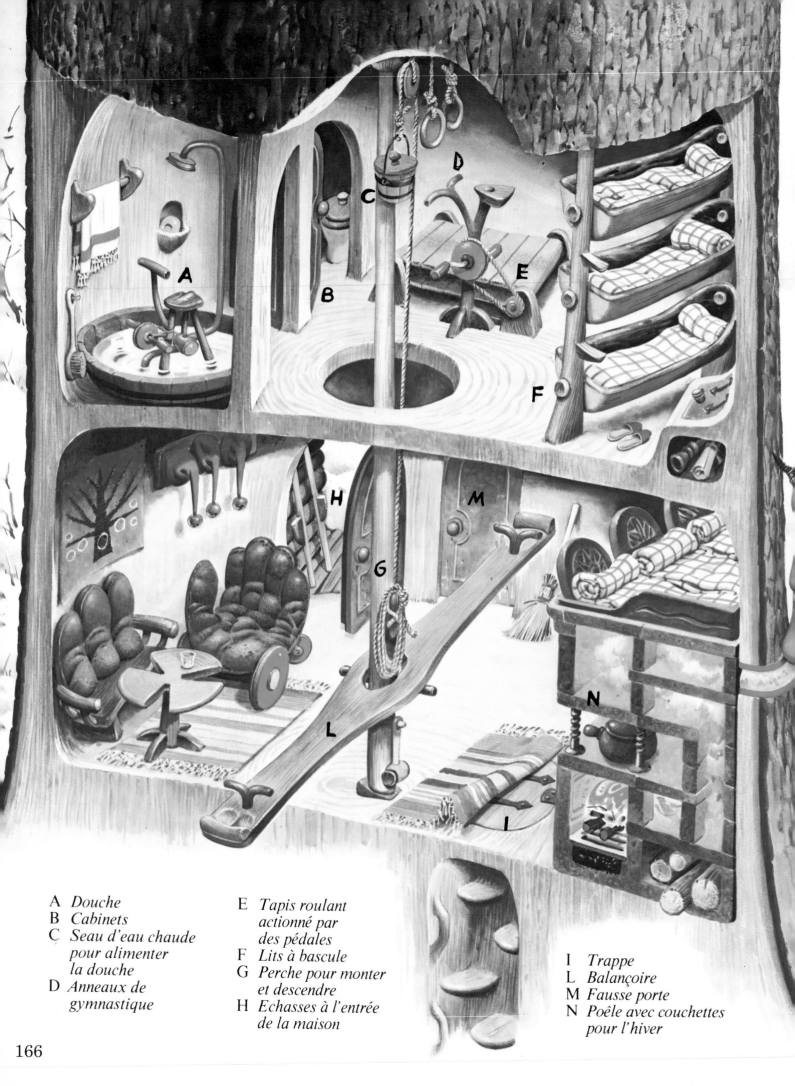

A Douche
B Cabinets
Ç Seau d'eau chaude
    pour alimenter
    la douche
D Anneaux de
    gymnastique

E Tapis roulant
    actionné par
    des pédales
F Lits à bascule
G Perche pour monter
    et descendre
H Echasses à l'entrée
    de la maison

I Trappe
L Balançoire
M Fausse porte
N Poêle avec couchettes
    pour l'hiver

vous voyez sur les illustrations de la page 9 : les habitants de la forêt sont très contents de pouvoir cuisiner des spaghettis « à la Bûche-ronne ».

« Maintenant que la maison est terminée, dit Glaïeul, vous devez nous promettre de ne plus faire de farces... D'accord ?

– Parole de lutins ! » répondent les trois amis. Mais, comme vous pouvez l'imaginer, un vrai lutin ne tient jamais parole. En effet, à peine sont-ils installés dans leur nouvelle maison, qu'ils décident de l'inaugurer par une bonne plaisanterie appelée « attrape-nigaud ».

Décidément, cette maison sort de l'ordinaire : les lutins ont besoin de dépenser leur énergie et de laisser libre cours à leur fantaisie pendant la journée.

Leur arrivée a provoqué des sentiments partagés. Certains trouvent les lutins sympathiques :

« Ils m'ont appris des trucs pour jouer aux cartes... », dit par exemple Corbeau, ravi de n'être pas du même avis que beaucoup d'autres...

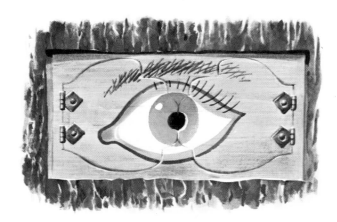

"Attrape-nigaud : si un Gnome s'approche et regarde par le trou de l'œil, il déclenche automatiquement le mécanisme d'ouverture et reçoit une bonne gifle."

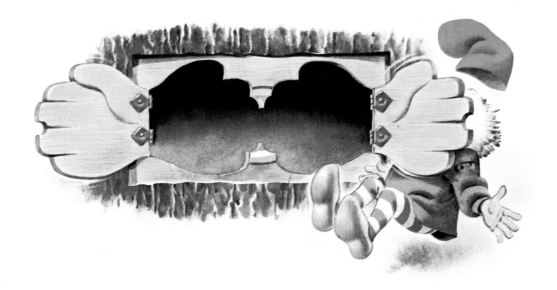

La catapulte

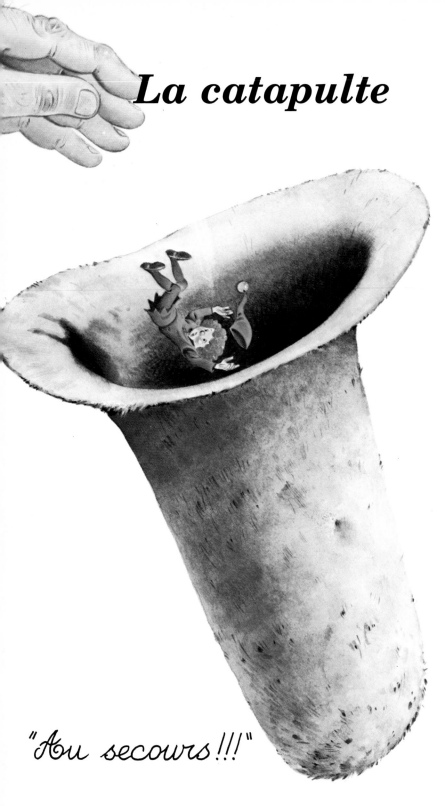

"Au secours !!!"

Désormais, tout le monde s'est habitué à la présence des lutins.

Seul Barberousse ne peut les supporter, car ils s'amusent souvent à raconter des blagues à son sujet.

« Savez-vous combien il faut de géants pour cueillir une pomme ? Trois. Un tient la pomme, et les deux autres soulèvent l'arbre ! »

raconte Acidulé. Et tout le monde rit aux éclats, au grand désespoir de Barberousse.

« Savez-vous pourquoi les géants brûlent souvent leur barbe ? Parce que, pour éteindre une bougie, ils aspirent au lieu de souffler ! » continue Péperin.

Et Zygoma : « Savez-vous quel est le comble pour un géant ? Appeler le roi des gnomes "Votre Grandeur". »

Puis, pour le faire enrager, ils l'appellent Moustacherousse au lieu de Barberousse ; et de colère, le géant devient encore plus rouge.

Vient un jour où il les attrape tous les trois, les fourre dans son chapeau, et les y laisse tout un après-midi.

Les lutins sont furieux : « Tu nous le paieras ! »

Barberousse hausse les épaules. Puis il s'allonge dans l'herbe pour faire la sieste.

A force de sauter, les lutins réussissent à sortir du chapeau : « Nous nous vengerons, mais nous avons besoin de l'aide des gnomes... J'ai une idée ! » dit Acidulé. Il court chez Gentiane. « Savez-vous ce que le géant a dit de vous, monsieur Gentiane ? Que, lorsque personne ne vous voit, vous mettez les doigts dans votre nez... et puis il vous a appelé "Petite Gentiane" ! » En entendant ces paroles, les gnomes sont désagréablement surpris.

« Est-ce possible ? Il a toujours été si gentil..., s'étonne Géranium.

— Et ceci n'est rien, Savez-vous ce qu'il a dit de Castor ?... Mais il vaut mieux que nous ne disions rien, n'ai pas pu finir la digue..., dit Castor.

– Ils ont mis la sonnerie de mon réveil à 5 heures du matin... Ils m'ont réveillé à l'aube, proteste Loir.

– L'autre jour, nous les avions invités pour le goûter, racontent les souris Sœurettes, et nous nous sommes aperçues qu'ils avaient mis du sel à la place du sucre, dans le sucrier...

– Ils ont déposé une punaise sur ma chaise, dit Rat Noir.

– Si jamais je les attrape..., menace Belette. Ils m'ont offert un œuf, je l'ai mordu... et j'ai cassé la moitié de mes dents !

– Ils ont caché le chapeau de ce pauvre Corbeau, qui n'est plus sorti pendant une semaine, continue Loutre.

– Et à moi, ils ont offert des dragées au poivre ! J'ai encore la bouche en feu ! » proteste Taupe, très énervée.

Pour finir, les gnomes décident de ramener les lutins là où ils les ont trouvés : ils les enferment dans l'arbre, en prenant soin de colmater le trou avec un bouchon. Mais après quelques minutes, alors que chacun pousse un soupir de soulagement, « bang ! », les lutins se propulsent hors du trou, grâce à une poudre magique.

« Nous devons nous résigner ! Je crains fort que nous ne puissions nous en débarrasser... », conclut le gnome-magicien.

Puis il se tourne vers les lutins : « Cependant, je vous avertis que si vous continuez, un jour ou l'autre vous le regretterez. Et souvenez-vous : tel est pris qui croyait prendre ! » conclut-il, menaçant.

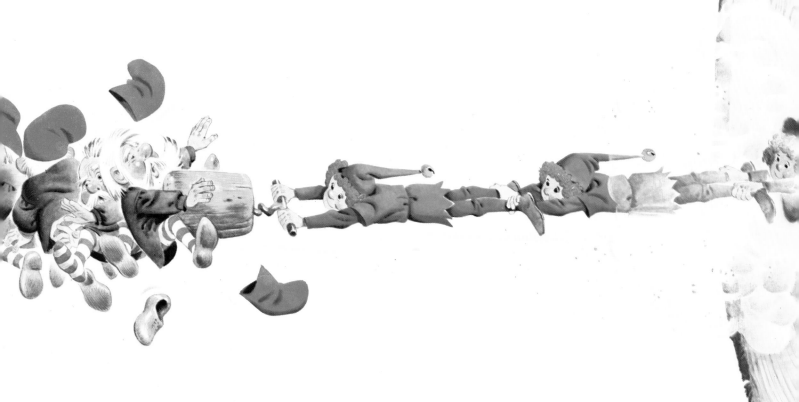

...qui croyait prendre!

« Bien fait ! Bien fait ! » répète le perroquet de la fée noire, en regardant les trois lutins poursuivis par Barberousse. « Ça vous apprendra à vous battre contre plus grand que vous ! »

« Ce perroquet orgueilleux aurait besoin d'une bonne leçon ! dit Péperin, encore tout essoufflé. Et nous la lui donnerons, parole de lutin ! » Effectivement, le perroquet Memorandum, comme tous ses semblables, se mêle souvent de ce qui ne le regarde pas. Mais il est protégé par la fée et par les habitants de la forêt, à cause de sa grande mémoire : Pivesèche est bien vieille et a besoin de lui, car elle oublie souvent ses formules magiques. Vous pouvez donc imaginer quel danger représente, pour tous, une fée accomplissant un sortilège, et se trompant dans les formules !

Et dans ces cas-là, Memorandum apporte son aide, en répétant les formules entendues pendant toutes ses années au service de la fée.

« Attrapons-le pendant que la fée est dans la forêt, dit Péperin à ses deux amis.

– Maintenant qu'il est seul, nous verrons qui est le plus fort, et nous lui rabattrons son caquet ! conclut Péperin après l'avoir attrapé.

– Laissez-moi tranquille... ou je le dirai à ma maîtresse ! Ne me touchez pas, vous cassez mes plumes !

– Mais nous y pensons à tes plumes ! Nous allons justement te tremper dans ce seau de glu !

– Non, non... Au secours ! »

C'est ainsi que Memorandum se retrouve plongé dans un bain de glu noire. Les lutins rient beaucoup : ils sont vengés. Mais dès que Pivesèche est au courant, elle veut se venger à son tour, avec l'aide des

"Mes pauvres plumes!"

"Pouah! Quelle puanteur!" pense Pivesèche.

animaux et des gnomes. « Est-ce que tu vas recourir à l'une de tes magies pour les punir ? demande le gnome-magicien à la fée noire.

– Non, je n'utiliserai pas la magie, car ce serait alors une vengeance personnelle. Or, ce doit être une action commune ; nous devons tous y contribuer, et alors nous n'aurons plus à pâtir des mauvaises plaisanteries des lutins. Que tous les habitants du Joli Bois m'apportent beaucoup de lait de putois ! Que les gnomes creusent une fosse, pas trop profonde, mais bien dissimulée. Lorsque la fosse sera creusée, je veux que Hérisson fasse courir le bruit qu'il a vu de magnifiques plants de piments (les lutins en sont très friands). » Ils obéissent. Le soir venu, avant le coucher du soleil, ils se postent dans le bois : un éclaireur les informe que les lutins arrivent. Tous se bouchent le nez, prévoyant la suite des événements.

« Hérisson avait raison ! Regardez tous ces piments !

– Mais... sentez-vous cette drôle d'odeur ? » dit Acidule. Il n'a pas le temps de finir sa phrase , que déjà ses deux amis pataugent dans un liquide blanchâtre... et il tombe à son tour dans la fosse.

« Au secours ! On suffoque !

– Vous voilà pris ! » crient les habitants du Joli Bois et de la forêt en sortant de leurs cachettes. « A présent, vous sentez si mauvais que les putois eux-mêmes vous éviteront !

– Nous sommes contraints de vous mettre en quarantaine dans le tronc d'un arbre, avec l'obligation d'y rester jusqu'à disparition de cette odeur », déclare Gentiane avec une certaine satisfaction.

"Pauvres de nous !"

La partie de football

Tout arriva à cause d'une phrase prononcée par un gnome qui venait d'aider Taupe à creuser un trou compliqué : « Nous sommes vraiment forts, nous autres gnomes : grâce à notre ingéniosité, nous arrivons à résoudre tous vos problèmes. »

Taupe va aussitôt répéter cette déclaration à Castor et, bien vite, on ne parle plus que de cela : oui, les gnomes sont ingénieux et pleins d'initiatives ; mais ils sont aussi bien prétentieux.

« Cependant, dit Tortue, sans leur charrette, je ne pourrais pas me déplacer aussi facilement !

– Eh oui ! Ils savent tout faire ! » ajoute l'un des hérissons. A cet instant, les lutins prennent la parole : « Nous, nous connaissons un moyen pour leur démontrer que vous êtes capables de les battre : une partie de football ! Nous vous expliquerons en quoi consiste ce jeu. »

Ainsi est lancé le défi aux gnomes, après quelques réunions secrètes sous la direction des trois lutins. Ceux-ci sélectionnent les animaux qui sont les plus aptes à former une équipe. Pour la défense, pas d'hésitations : les hérissons sont parfaits. « Laissez-nous faire ! Personne ne réussira à franchir nos buts ; et si quelqu'un essayait, il serait tellement piqué qu'il ne pourrait plus s'asseoir pendant une semaine ! » Après une longue discussion, Rat Noir déclare : « Voici la formation de l'équipe : Ours sera gardien de but car, gros comme il est, il occupe presque toute la cage. A la défense, nous posterons les hérissons. Grenouille sera le stoppeur, car elle peut facilement sauter d'un bord à l'autre du terrain. Les

"...avez-vous compris?..."

L'otage

Le gnome-menuisier, Géranium, chemine tranquillement.

Caché derrière un buisson, le chef des guzznags donne le signal, et tous les guzznags soufflent dans leur sarbacane.

« Zbzzzzzzzzzz ! (Touché !) » crient les guzznags lorsque le pauvre gnome tombe à terre, à moitié endormi.

Ils traînent leur victime jusque dans leur repaire, loin du sentier. Puis ils le ligotent solidement au moyen de branches et de cordelettes. Quant au pauvre Géranium, il s'est endormi lourdement, et grommelle dans son sommeil :

« Par toutes les myrtilles et les fraises des bois ! J'ai dû boire un peu trop d'eau-de-vie de pomme hier soir... »

Au village, on commence à s'inquiéter : « S'il n'est pas de retour dans une heure, nous irons à sa recherche », décide Gentiane.

Au moment même où ils organisent une équipe de secours, deux guzznags se présentent au village avec un drapeau blanc. Ils exposent leurs conditions : « Bzzzzzz, bzzzzzzzzz. »

« Qui les comprend ? Quelle langue parlent-ils ? » interroge Gentiane, cependant que les guzznags s'énervent, s'agitent et sautent partout.

« Restons calmes, restons calmes ! intervient la fée noire qui a

183

tout à coup une idée. Allez chercher Zygoma. Peut-être peut-il comprendre leur langage... Après tout, ce sont aussi des lutins ! »

En effet, Zygoma peut traduire :
« Nous avons pris le gnome Géranium en otage. Nous demandons en échange, une centaine de gâteaux... Bzzz bz bz bzz ? (Que dites-vous ?), demande-t-il aux guzznags. Oui, c'est bien cela, cent gâteaux... blancs, car ils affirment que le blanc leur plaît beaucoup.

– Très bien, dit le gnome-magicien, demande-leur vingt-quatre heures pour les préparer.

– Ils sont d'accord, mais pas de blagues ! Sinon, nous ne reverrons plus Géranium ! » A ces mots, Gentiane frissonne. Que faire ? Céder à leur chantage ? Mais il n'y a aucune garantie qu'après paiement de la rançon, Géranium soit relâché. D'autre part, s'ils cèdent cette fois-ci, les guzznags en demanderont toujours davantage... Une grande réunion est organisée, et le problème est soumis aux gnomes et aux habitants du Joli Bois. La décision est unanime : « Faisons semblant d'accepter, puis nous les suivrons et nous libèrerons Géranium », conclut Acidule, qui s'y connaît en matière de lutins.

Bzz, bzz, bzz !!

Le commando

Le soir même, Acidule, Barbe-rousse, Cœurdelion et Grenouille se préparent à agir.

Ils se camouflent avec des branches et des feuilles, et colorent leur visage en noir avec de la suie.

Ils pénètrent à pas de loup dans le bois des Sureaux Noirs. Le lutin suit les traces des deux guzznags :

« Par ici, allons-y ! Ils ne devraient pas être loin ! Mais, pas de bruit ! Ils pourraient nous entendre ! » chuchote-t-il à ses compagnons.

Enfin, ils distinguent une lumière, qui devient de plus en plus brillante. Puis ils entendent un bourdonnement...

« C'est le chant de guerre des guzznags ; je vous le traduis », murmure Acidule.

« Guzz, Guzz,
Guzz ! Guzz ! Guzz !

Guzz, Guzz, nag, nag,
Nous sommes les guzznags !
Nous sommes petits et vifs,
Nous sommes perfides et méchants,
Nous sommes les guzznags !
Dans les sarbacanes nous soufflons,
Et ainsi nous vous endormons !
Attention à ce que vous faites,
Tôt ou tard vous tomberez !
Nous sommes nombreux et tout noirs,
Nous ne sommes pas de vrais lutins !
Guzz, Guzz, nag, nag,
Nous sommes les guzznags ! »

Les guzznags dansent autour d'un totem, au milieu d'une clairière. Quatre d'entre eux mélangent dans des coquilles de noix une mixture verdâtre dans laquelle ils trempent les flèches de leurs sarbacanes. D'autres sèchent les flèches au-dessus du feu.

"Etes-vous prêts ?"

– Géranium, même s'ils t'ont pris en otage, tu n'as pas le droit de les retenir prisonniers ! Ici, nous devons tous vivre libres. Tu dois les laisser partir... même s'il faut que tu renonces à ton robot ! Du reste, si nous les gardons ici, tôt ou tard les autres viendront les libérer... Mieux vaut prévenir que guérir ! » dit Gentiane, utilisant l'une de ses maximes préférées.

En réalité, les guzznags semblent beaucoup s'amuser à guider le robot. L'un actionne les bras, l'autre les jambes, et le troisième le dirige.

On dirait un véritable robot ; et le bourdonnement des guzznags (qui se disputent) donne l'impression qu'il y a un moteur à l'intérieur ! Mais Gentiane est inébranlable : les trois guzznags doivent être libérés.

« Ne t'en fais pas, Géranium ! Après tout, c'était une bonne idée... Pourquoi ne demanderais-tu pas aux fourmis de faire fonctionner ton robot ? » dit Grenouille à Géranium pour le consoler. « Elles sont plus petites que les guzznags, mais si nombreuses... »

Aussitôt Géranium engage neuf fourmis : elles font fonctionner son robot, pour le modeste salaire de deux grains de blé par jour.

Depuis lors, aidé de son robot, il fabrique beaucoup plus de chaises, de tables et d'armoires...

"Ah ! j'ai compris le système !"

"A l'aide ! Ils saccagent mes gâteaux !"

La flûte du Lutin

Désormais, les guzznags n'ont plus peur ni des gnomes, ni des habitants du Joli Bois. Ils ont compris qu'on ne leur ferait pas de mal. Alors ils en profitent pour leur en faire voir de toutes les couleurs.

« Mes pauvres gâteaux ! Descendez tout de suite de là ! » crie le gnome-pâtissier.

Les guzznags adorent le blanc : ils sautillent sur les draps propres que Saponaire, le gnome-blanchisseur, a mis à sécher.

« Laissez mes draps ! Vous les tachez, avec vos mains sales !

– Eloignez-vous de mes marguerites ! Allez prendre le soleil ailleurs ! » gronde Echalote, armé d'un balai.

Mais les guzznags sont infatigables et passent leurs journées à chercher du blanc pour sautiller dessus.

Finalement, les habitants du Joli Bois décident de bannir le blanc : ils mettent des vêtements de toutes les couleurs, écrivent sur du papier coloré, utilisent du linge multicolore... Et les gnomes songent même à teindre leur barbe en noir, afin de

192

n'être pas importunés sans cesse par quelque guzznag s'y balançant... Mais ils finissent par renoncer à cette précaution.

Acidule, Zygoma et Péperin proposent une solution : « Nous allons les mener dans le ruisseau magique ; ils ignorent que celui qui s'y trempe est aussitôt transformé en poisson !

– Oui, mais comment ferons-nous pour les y attirer ?

– Nous jouerons une mélodie magique qui les obligera à s'y rendre... Laissez-moi faire... Préparez-moi un vêtement noir identique à celui d'un guzznag, dit Péperin aux souris Sœurettes. Et donnez-moi une flûte à bec, jaune et noire... »

Il endosse le costume noir, et se fait rapetisser par Gentiane à l'aide de l'anneau magique. Puis il se met à jouer de la flûte.

« Bzzzz, zzbz... Zbbbbzz zzzbbbzzz zzbzzzz... », et les guzznags le suivent comme des automates.

« Zbbbzzzz, bzzz... », continue Péperin. Les premiers guzznags sont déjà dans l'eau, et se transforment lentement en poissons à raies rouges et noires... Enfin, tous les guzznags disparaissent.

...à peine entrés dans l'eau, les Guzznags deviennent des poissons...

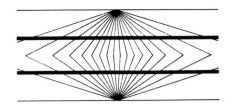

Magie

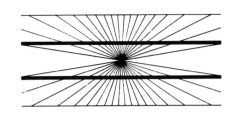

Il faut bien admettre que les lutins sont parfois amusants. Ce jour-là, Zygoma, observant Rat Noir sur son véloroue, lui dit : « Maintenant, je comprends le sens de vos inventions : vous vous en servez uniquement pour le côté pratique ou pour vous aider dans votre travail ; mais vous n'avez jamais pensé à inventer des choses pouvant nourrir votre imagination. »

Rat Noir répond : « L'imagination est une chose abstraite, alors que mon corps ne l'est pas ; et il est content, si je l'exerce et l'amuse avec cette machine. »

A ce moment-là, Géranium intervient : « Tu as raison, Rat Noir ; avec ces sabots à roulettes, je me maintiens toujours en forme, et je vais où je veux, aussi vite que Lièvre. C'est ce qui s'appelle utiliser son cerveau et son imagination. N'est-il pas utile et agréable d'avoir une douche à pédales, comme Echalote ? » Au même moment arrive Grenouille, tout essoufflée : « Ouf ! Je suis fatiguée ! On se repose volontiers, après avoir fait deux sauts », déclare-t-elle en s'asseyant sur son siège à bretelles. « Vois-tu Zygoma, elle aussi te démontre que nos inventions sont amusantes et utiles. »

douche à pédales

sabots à roulettes

véloroue

sièges à bretelles

Illusions d'optique inventées par les lutins.

1) Les segments « a » et « b » sont de longueur égale, mais « a » paraît plus long.
2) Les deux segments horizontaux sont de la même longueur, même si ça ne semble pas vrai.
3) Ces deux arcs de cercles sont identiques ; mesurez-les si vous ne le croyez pas.
4) Voyez-vous cette coupe blanche ? Si vous l'observez bien, vous distinguerez deux profils de visages en noir.
5) Voyez-vous ces deux têtes si différentes ? « a » n'est autre que « b » renversé. Vérifiez en retournant votre livre.
6) Voici 3 objets « impossibles » qui ne pourraient pas exister dans la réalité : « a » semble avoir 3 pieds ; « b » a 3 faces dans une perspective impossible ; « c » : si l'on suit les escaliers dans le sens des aiguilles d'une montre, on a toujours l'impression de descendre.
7) Voyez-vous un triangle noir au centre ? C'est une illusion d'optique due aux 3 disques blancs auxquels il manque une partie.
8) Les segments noirs au centre des figures « a » et « b » sont parallèles et droits, même s'ils semblent courbes.
9) Les raies blanches de cette illustration sont droites et parallèles, même si elles semblent tordues et convergentes.
10) Vous croyez voir un carré blanc, et pourtant ce sont des cercles concentriques interrompus qui donnent cette impression.

« Vraiment, dit Zygoma, après tout ce que j'ai observé, je constate que vous fabriquez avec soin des objets, mais que vous ne faites jamais preuve d'imagination ni de fantaisie. Je vais vous montrer ce qu'on arrive à faire sans clou ni marteau. »

Ils sont tous très intrigués. « De plus, il n'y a pas de trucs ! Seuls vos yeux seront trompés », dit le lutin en montrant les dessins que vous voyez à gauche. D'abord sceptiques,

puis enthousiastes, ils découvrent une face de leur imagination qu'ils n'avaient jamais considérée. « Es-tu convaincu maintenant, Géranium, que tout ne doit pas être forcément pratique et utile ?... et qu'il faut exercer son imagination ? »

Quelque temps après...

« Regardez ce qui est arrivé aux lutins ! » hurlent Echalote et Glycine en montrant les trois lutins écrasés l'un sur l'autre. « Ils ont fait enrager le géant et... Paff ! il les a aplatis d'un coup de poing !

– C'est épouvantable », dit Taupe, dont la vue est bien faible. Mais Castor, en regardant de plus près, comprend la farce des deux gnomes : « Elle est bien bonne ! Vous avez réussi à peindre sur une planche la forme des trois lutins... à s'y tromper ! »

Passé ce moment de panique, Gentiane déclare : « Bravo ! Vous avez démontré que nous autres, gnomes, savons aussi utiliser notre imagination et notre fantaisie ! »

"Pauvres Lutins!"   "Regardez!"

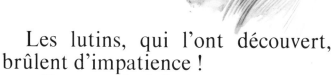

La Licorne

Après le départ des guzznags, la paix et la tranquillité semblent revenues au village.

« Pourtant, on s'ennuie un peu... il ne se passe plus rien de nouveau... », se lamente Taupe.

Sur ces entrefaites arrive Acidule, tout essoufflé.

« Nous avons trouvé un œuf gigantesque ! Venez voir ! »

Même le gnome-magicien, qui passe plus d'une heure à l'examiner à la loupe, ne parvient pas à identifier cet œuf énorme.

Tous les oiseaux consultés déclarent n'avoir jamais vu un œuf pareil.

« Il vient peut-être du pays des géants », suggère la fée Pivesèche.

Les lutins, qui l'ont découvert, brûlent d'impatience !

« Ouvrons-le ! Qu'y a-t-il à l'intérieur ?

– Je vous l'interdis ! Nous devons le laisser s'ouvrir de lui-même ! leur ordonne Gentiane.

– Je ne sais si nous résisterons... », avertit Péperin qui est le plus curieux des trois lutins.

Les lutins décident de ne pas quitter l'œuf un seul instant. Ils dorment à côté, pour être les premiers à le voir s'ouvrir. La même nuit, au clair de lune, ils entendent un léger bruit... pic... pic... pic... jusqu'à ce que la coquille se brise, et qu'il en sorte une petite licorne avec une corne d'or sur le front.

« C'est une licorne ailée, déclare Gentiane, dès qu'il la voit... Comment est-elle parvenue jusqu'ici ? On raconte qu'il en naît une tous les mille ans... »

Acidule, qui a découvert l'œuf, devient aussitôt l'ami de la licorne.

« Nous ferons de grandes choses, toi et moi, dit-il en la serrant dans ses bras. Un jour nous volerons vers cette montagne, là-bas... Personne n'a jamais osé y aller. Mais maintenant que tu es là, nous pourrons nous envoler, et voir ce qu'il y a de l'autre côté. »

La licorne approuve, en regar-

Vole encore plus haut, Licorne...

dant Acidule de ses grands yeux bleus. « Dommage que tu ne saches pas parler, lui dit Acidule, mais je t'aime quand même... »

La licorne a grandi, ses ailes sont devenues fortes : Acidule décide de partir.

« Vole encore plus haut, au-dessus des nuages, ou nous n'y arriverons pas... Voilà !... on commence à voir la crête des montagnes... »

Mais quel est cet étrange personnage qui leur fait des signes et les invite à s'arrêter ? Il ressemble à un gnome ; il est vêtu de noir, a une barbe noire et un arc en bandoulière...

« Il vaut mieux ne pas s'arrêter, il n'a pas l'air très rassurant... », pense Acidule. Et ils poursuivent leur vol au-delà de la montagne.

« C'est impossible ! On dirait des animaux préhistoriques ! Regarde celui-ci ! Il ressemble à un dinosaure ! Et celui-là, à un dragon ! Vite, retournons au village, et racontons ce que nous avons vu ! » Mais Acidule est désappointé car personne ne croit à son histoire.

« Oui, je vous dis qu'il y a une profonde vallée au-delà des Montagnes Eternelles, et que dans ce lieu vivent des animaux préhistoriques... Pourquoi ne me croyez-vous pas ?

– Tu nous as si souvent raconté des mensonges ! Tu ne voudrais tout de même pas qu'on croie aujourd'hui à cette histoire ! »

Le lutin comprend que celui qui raconte souvent des mensonges n'est pas cru, même lorsqu'il dit la vérité.

Dragulandie

Dragulandie est une vallée primitive, habitée par d'étranges animaux querelleurs, et dirigée depuis des siècles par les dragons. Elle est entourée de hautes montagnes, au-delà desquelles se trouve le village des gnomes. Les habitants de la forêt et ceux de Dragulandie ont vécu pendant des millénaires d'une manière totalement différente, sans savoir qu'ils étaient voisins. Les dragons et les autres habitants de Dragulandie coulent des jours heureux, souvent interrompus toutefois par des épisodes violents, caractéristiques de leur tempérament batailleur. Ils ne sont pas méchants, mais ils aiment se quereller. Il faut tout de même reconnaître que les dragons adultes sont beaucoup moins turbulents que les jeunes dragons. Ceux-ci sont de véritables pestes, toujours prêts à faire de mauvaises plaisanteries et à profiter des plus faibles.

« J'espère qu'il ne m'attrapera pas ; ou alors, gare à moi ! Cette fois, il est revenu trop vite ! » pense le jeune dragon, Dragosaurix, en s'échappant du nid d'un ornizoss, où il a tenté de voler des œufs.

Les habitants de Dragulandie sont assez bien organisés, mais d'une manière plutôt primitive. Ils n'essayent pas d'améliorer leur vie, tant ils sont paresseux. Cependant, chacun a une tâche précise : les pikkistorus sont des oiseaux au bec très dur, chargés de creuser des grottes. Les osollus, grands sauriens à quatre pattes, sont employés aux meules, ou pour les lourds transports.

« Le dîner est prêt ! » crient les dragonnes (les femelles des dragons) et ils se retrouvent tous à table.

« Bassotaurus ! Ne mange pas ce qui ne t'appartient pas !

– Et toi, Cangurillus, ne lave pas les fruits dans le jus de myrtille ! Sinon je te tire les oreilles ! »

Les habitants de Dragulandie se cherchent souvent querelle ; mais... personne n'est parfait...

"Ce sandwich est délicieux !"

La course

Guerontosaurus, le chef dragon de Dragulandie, connaît bien les habitants de son village : « Ce sont de braves enfants, mais un peu turbulents. Il est préférable qu'ils soient occupés, sinon ils se cherchent noise... Je vais organiser une course de chars. » Il décide de faire disputer l'épreuve le long de l'unique circuit existant, entre les Montagnes Rocheuses.

Chaque concurrent cherche à s'attribuer le meilleur animal pour traîner son véhicule.

« Alors, c'est entendu, Cornupippus. Si nous gagnons, nous partageons », proposent les deux petits dragons, Dragosaurux et Dragosaurix. « Nous nous sommes mis d'acord avec des amis, et nous sommes sûrs de gagner ! » ajoutent-ils à mi-voix.

Les spectateurs peuvent également participer à la course en faisant obstacle aux concurrents adverses, et en aidant de toutes les manières leur favori.

Le pauvre Guerontosaurus s'épuise à répéter : « Surtout, soyez sportifs... respectez l'adversaire ! Ne me faites pas honte ! Souvenez-vous que le vainqueur est celui qui, le premier, passe sous le cou de Bassotaurus, après trois tours de circuit. Et ne faites pas comme à la dernière course, où dans les semaines qui suivirent, le village ressemblait à un hôpital, tant vous étiez mal en point. »

« Ces deux pestes de Dragosaurux et Dragosaurix vont-elles concourir ? demande un concurrent inquiet.

– Je suis sûr qu'ils ont imaginé quelque stratagème », ajoute un autre.

Enfin la course commence.

Le signal du départ à peine donné, on voit déjà comment l'épreuve va se dérouler. Au second tour, les spectateurs ont fini de jeter des œufs sur les participants ; au troisième, ils lancent tout ce qui est à leur portée de pattes... et les bosses apparaissent.

Les petits dragons sont déchaînés : « Vas-y, Cornupippus ! Coupe la route à ce benêt d'Elescrofogius ! crie Dragosaurix.

— Et toi, attrape ça ! dit Dragosaurux à un concurrent.

— Dites-moi, s'informe Guerontosaurux dont la vue baisse à cause de son grand âge, comment se comportent-ils ?

— Ils font une belle course, répond un cangurullus.

— Il faut se divertir sainement... moi aussi, quand j'étais jeune... », soupire Guerontosaurus.

Entre un coup de massue par ici, et un projectile de catapulte par là, l'épreuve se poursuit. Les choses se passent toujours ainsi en Dragulandie !

« Espérons que nos amis nous aideront comme ils l'ont promis », pense Dragosaurix.

Le poteau d'arrivée est en vue. Comme convenu, les amis des jeunes dragons offrent à Bassotaurus la grosse fraise dont il est si friand. Bassotaurus allonge bêtement le cou pour manger la fraise... et barre la route aux autres concurrents.

« Hourra ! » crient les petits dragons en passant sous le cou de Bassotaurus. « Nous avons gagné ! »

Guerontosaurus remet le prix aux deux dragons : la couronne de laurier et la coupe.

Pendant ce temps, le pauvre Bassotaurus est roué de coups, pour n'être pas resté à son poste.

"Que fait donc ce gros patapouf ? Ils tombent tous !"

Les crocodrulles

Savez-vous que les crocodrulles peuvent siffler ? Il suffit de le leur apprendre, dès qu'ils sortent de l'œuf. Dommage qu'en grandissant, ils n'en soient plus capables ; peut-être à cause de leurs dents devenues trop longues...

« Aujourd'hui nous sifflerons ces deux hymnes : *Le soleil brille toujours en Dragulandie,* puis *Tous les dragons le savent...* un, deux, trois... tous ensemble ! » dit la dragonne qui dirige le chœur des jeunes crocodrulles.

« Demain, nous irons faire provision d'œufs, au Grand Etang Jaune... Ils ont besoin de jeunes crocodrulles pour agrandir le chœur », pense Dragosaurix.

« Eh ! Dragosaurux, aujourd'hui c'est toi qui vas ramer sur l'unicandrus ; la dernière fois, j'ai eu si peur... un crocodrulle a failli manger ma queue...

– D'accord ! Toi, tu feras attention de ne pas laisser tomber un seul œuf... ils sentent si mauvais... à s'évanouir... Je ne comprends pas pourquoi les uxoss en raffolent. »

Les deux petits dragons se sont fait accompagner dans l'expédition par les uxoss ; ces oiseaux au bec torsadé sont amateurs d'œufs de crocodrulles. Il y a aussi des ornizorinques, chargés de lâcher des pierres sur les crocodrulles pour les distraire.

L'unicandrus est utilisé comme embarcation pour faire diversion, pendant que Dragosaurux s'empare des œufs.

« Uxoss ! Ne bois pas ton œuf de crocodrulle juste maintenant... ça empeste ! N'en ouvre pas d'autres !

– Excuse-moi, je n'ai pas déjeuné ce matin... Tu dis que ça empeste ? Mais... je ne respire qu'un subtil parfum d'œuf vieilli... mmm, quel délice !

– Dépêchez-vous, ou je repars », supplie Dragosaurix, le moins courageux des deux dragons.

"Répétez avec moi... ou vous aurez un coup de baguette sur les oreilles!"

grosse noix, il ne veut plus la lâcher.

« Parbleu ! Mais ccc'est Franz ! Il vvvaut mieux m'échapper. Jjje ne vvveux pas lllaisser les nnnoix ici ! Mmma patte ne pppasse plus, parbleu ! » Lâche la noix, Drago, et fuis ! Mais Drago est trop gourmand et il ne comprend pas que s'il garde la noix, sa patte ne passe plus dans le trou.

Franz profite de l'indécision du dragon et pose une selle sur sa croupe : « Maintenant je fais te dompter et tu feras tout ce que je te dirai ! » lui dit-il.

Drago est affolé. « Je t'en prie, FFFranz, nnne me mets pppas en retard, ou j'aurai dddes ennuis avec mmma femme ! Tu sais comment sont les dddragonnes... » Mais Franz est inébranlable et impitoyable. Il l'attache à un pieu, et le fait tourner en rond ; il lui donne de temps à autre un coup sur la tête et lui demande : « Qui est ton patron ? » jusqu'à ce qu'enfin Drago lui réponde : « Franz est mon patron... » Puis il lui met des harnais et essaie de le chevaucher.

« Cccomme j'ai été bbbête ! Et quand Dragosaurilla, ma femme, le saura... », pense Drago.

Lorsqu'il est certain de la soumission de Drago, Franz grimpe sur son dos, et ils partent vers le volcan Erebus.

Selon la légende, au pied de ce volcan pousse l'herbe Vulcana. Si les dragons la mangent, ils crachent du feu et des flammes... C'est pourquoi l'herbe est interdite en Dragulandie. « Les gnomes ferront bien qui est le plus fort... quand j'arriferai sur un dragon muni d'un lance-flammes incorporé ! », pense Franz.

"Qui est ton patron ? Réponds !"

L'attaque...

Franz trouve l'herbe Vulcana, et la donne à manger au dragon.

« Eh ! Il me pppousse des ailes ! Mmmagnifique ! Jjje sens des bbbrûlures à l'estomac... jjje peux aussi cccracher du feu... Ahiaaa ! s'écrie Drago.

— Bien sûr que tu craches du feu, gros nigaud ! Essaie de viser là ! Feu ! Pas comme ça ! Essaie encore ! Feu ! Encore, gros nigaud ! » dit Franz pour entraîner Drago.

Peu après, survolant le village

des gnomes, Franz se met à faire brûler tout ce qui est sur sa ligne de tir, y compris le pantalon du géant Barberousse.

Les gnomes, surpris par l'attaque de Franz, ne se sont pas préparés à se défendre.

« Au feu, au feu, tout brûle !

– Préparez-vous à décoller avec les canards du service anti-feu !

– Faisons une chaîne de seaux d'eau. Que Blaireau amène la charrette de l'hydrant ! » Gentiane, le chef du village, coordonne toutes les opérations pour éteindre l'incendie.

Barberousse est furieux : « Si je l'attrape, ce petit monstre noir... un pantalon tout neuf !... », dit le géant, dont l'avarice est connue de tous.

« Les dégâts faits au village sont plus importants que ton pantalon... Je l'ai reconnu, c'est Franz, le gnome renégat que nous avons chassé du village il y a 150 ans. J'avais prévu que nous aurions des ennuis... Qu'attend-il de nous ? », se demande Gentiane.

Mais le géant continue de se lamenter sur son pantalon brûlé.

« Regardez !... Là-bas... une flèche avec un message ! »

On se précipite pour le lire, dans la consternation et l'effroi.

« C'est très sérieux ! Il faut que nous donnions une leçon à ce Franz ! »

Cette nuit-là, Gentiane a un sommeil fort agité.

« De quoi aurai-je l'air si je dois me présenter en chemise de nuit... Il faut que mon plan fonctionne à tout prix... »

Il s'endort préoccupé, rêvant que Franz devient le chef des gnomes.

"Tous les Gnomes dont l'âge est compris entre 600 et 800 ans doivent se présenter déchaussés et sans bonnet sur la place du village, pour prendre connaissance de mes volontés, et faire acte de soumission. Gentiane devra se présenter en chemise de nuit pour écouter ma sentence.

signé : Franz le Gnome Noir

...et la contre-attaque

Mais Gentiane est bientôt réveillé par le lutin Acidule. « Hum... je sais que c'est interdit, mais je faisais une petite promenade nocturne avec la licorne, quand, en survolant les montagnes, j'ai vu quelque chose de vert dans une crevasse... c'était le dragon et Franz ! Ils sont cachés sur un piton rocheux.

– Par mille barbes de gnomes ! Vraiment ?... Je vais réveiller tout le village, et nous pourrons les prendre par surprise, dans leur sommeil, déclare Gentiane. Cependant, une autre fois, je t'avertis mon enfant... tu sais que les vols nocturnes sont interdits... n'en parlons plus... puisque que tu les as trouvés... Organisons quelque chose au plus vite ! » dit-il en sautant du lit.

Faucon Pèlerin fait un vol de reconnaisance rapide et silencieux, et confirme que Franz et Drago se sont cachés dans une faille. Il les a vus avec ses jumelles :

« Mais il n'y a aucun moyen d'atterrir sur ce piton. C'est trop étroit ! Et la faille se rétrécit encore vers le haut. Je ne sais ce que l'on pourra faire... », dit-il l'air désolé.

Et ils se mettent tous à réfléchir, pour trouver une solution.

Problème n° 1 : qui est assez petit pour descendre au fond de la faille, sans bruit et sans se faire voir ? (Et qui en aura le courage ?)

Problème n° 2 : comment neutraliser Franz et Drago ? Tant que dure l'effet de l'herbe Vulcana, Drago crache des flammes... et personne ne veut finir rôti.

Problème n° 3 : il faut prendre une décision rapidement ; il reste peu de temps...

Dans le silence lourd de tension, on entend une petite voix : « J'aurais peut-être une idée... »

Tout le monde se retourne. C'est Chenille – bien connue dans le Joli Bois pour sa lenteur – qui a parlé. La pauvre Chenille met plus d'une semaine pour descendre de son arbre, un mois pour arriver au ruisseau, et elle mettrait probablement un an pour arriver jusqu'au fond du Joli Bois... C'est l'animal le plus lent du village ; même l'escargot est plus rapide !

« J'ai toujours rêvé d'être parachutiste ; et si je me lance d'ici, avec toutes mes sœurs habitant dans les arbres voisins, nous ne sentirons pas la descente ni même l'atterrissage, tant nous sommes légères. La licorne pourrait peut-être nous déposer sur le piton, et de là nous pourrions nous lancer... J'aimerais beaucoup pouvoir démentir, au moins une fois, que je suis si lente, et éprouver l'ivresse de la vitesse... », dit-elle timidement.

Dans le silence général, la voix de Barberousse s'élève : « Bravo pour Chenille ! Ça, c'est une bonne idée !

– Bien. Mais que feront-elles, une fois atterries ? demande Barberousse. J'y pense... les ailes de Drago... si elles étaient trouées... elles ne le soutiendraient pas... J'ai trouvé ! Il suffirait de faire beaucoup de petits trous dans les ailes de Drago, et Franz ne pourrait plus voler ! »

A la lueur de la pleine lune, la licorne lâche quarante chenilles munies d'un parachute. Après l'atterrissage, les chenilles se mettent silencieusement au travail, et font beaucoup de petits trous dans les ailes insensibles de Drago. Ce travail dure jusqu'à l'aube. Leurs parachutes pliés, elles commencent la descente : « Nous mettrons bien quelques mois avant d'arriver au village, mais ça en vaut la peine, pense Chenille avec satisfaction. Le parachutisme est un sport fait pour moi... »

A son réveil, Franz aperçoit les trous dans les ailes de Drago, et comprend aussitôt :

« Réfeille-toi, gros bêta ! Nous afons des ennuis ! Echappons-nous !

– Mmmais, je nnne peux pas vvvoler avec dddes ailes trouées. Je t'en prie, Franz, j'ai une famille, j'ai deux petits dragons à la maison, qui m'attendent.

– Ce n'est rien ! Allons-y ! »
Franz selle Drago pour s'envoler... Un instant plus tard, ils sont précipités au fond de la faille.

"J'aurais dû rester à la maison, malgré les tracasseries que me fait Dragosaurilla" pense Drago tout endolori.

218

Franz et Drago
prisonniers...

Franz et Drago sont emmenés au village.

« Pauvre de moi ! songe Drago. Que dira Dragosaurilla quand je reviendrai ! Il y a trois jours que je ne suis pas rentré ! Et ces gnomes, que vont-ils me faire ?... Mais c'est mieux ainsi ; je ne pouvais plus supporter ce Franz ! »

Franz ne dit rien.

A-t-il perdu la mémoire, en tombant sur la tête ?

"Voilà les traces de papa, nous ne tarderons pas
à le retrouver."

Après toutes ces aventures, les gnomes chargent Genêt de garder les prisonniers, et partent se coucher. Genêt est fatigué et a très sommeil ; il s'approche du feu, sans remarquer les bruissements suspects provenant d'un buisson tout proche. « Et si je faisais un petit somme... quel mal y a-t-il à se reposer ? Tout est si tranquille... Seulement cinq minutes ! »

Deux secondes après, il ronfle bruyamment.

Une ombre se dessine sur le sol, et une patte de dragon écarte prudemment les branches du buisson...

C'est Dragosaurilla qui, inquiète de la disparition de son mari, vient le chercher.

« Lève-toi, idiot ! Je t'ai finalement trouvé. Nous nous expliquerons à la maison », et elle lui tire les oreilles. Dragosaurix et Dragosaurux, qui ont suivi leur mère, en profitent pour donner un coup de pied à Franz.

« Allons, les enfants, rentrons à la maison ! » ordonne Dragosaurilla en poussant devant elle Drago, encore attaché à son pieu. Mais personne n'a remarqué que Dragosaurix est resté en arrière...

« L'herbe Vulcana ! Elle existe vraiment ! » pense le petit dragon. Il s'empare de l'herbe tombée de la poche de Franz. « Quelle aubaine !... Je vais cracher des flammes ! »

"Dépêche-toi ! Nous avons un long chemin à parcourir avant d'arriver à la maison... vous aussi, les enfants, dépêchez-vous, avant que les Gnomes ne donnent l'alarme......"

L'otage

Alors qu'il fait ses premiers essais, un filet d'osier tressé s'abat sur Dragosaurix.

Puis Mangefeu, le gnome-forgeron, le met en cage !

Entre-temps, s'apercevant qu'il lui manque un de ses fils, Dragosaurilla s'adresse au chef dragon, Guerontosaurus : « Exige la restitution de Dragosaurix !

— Comment ? Dragosaurix a été capturé par les gnomes ? interroge Guerontosaurus. J'aimerais tant un peu de tranquillité... excuse-moi ; je disais : c'est une honte ! J'irai parler au chef des gnomes... » Puis il ajoute à mi-voix : « Que vont-ils me demander en échange ?... Mais ils ne résisteront pas plus d'une semaine, j'en suis sûr... Je le dirai à Dragosaurilla pour la consoler... »

"Ça fonctionne ! Cette herbe est vraiment magique....!"

222

Quant à Mangefeu, il a trouvé un bon système pour forger ses outils sans avoir besoin d'alimenter un foyer.

« Souffle ici ! Bien... voilà qui est bien ! » dit-il, satisfait. « J'espère que Gentiane décidera de garder le prisonnier quelque temps... il me rend de grands services ! » pense Mangefeu.

« Tu verras, quand ma mère viendra me libérer ! » crie le petit dragon en tapant des pattes. Dragosaurix est un dragon gâté et capricieux. « Elle vous assommera tous avec sa massue ! Elle t'arrachera les moustaches, Mangefeu ! Et elle te soulèvera par les oreilles, comme elle le fait, à moi et à mon frère ! »

Mangefeu rit de ces menaces.

Dragosaurilla fait un tour de reconnaissance pour essayer de libérer son fils. Avez-vous remarqué ses gros yeux jaunes, à l'entrée de la grotte ?

Mais les lutins sont prêts à lâcher un bloc de pierre sur sa tête, si elle essaye d'entrer...

Enfin, Guerontosaurus vient parlementer avec Gentiane :

« J'exige la restitution de Dragosaurix, et vos excuses !

— Nous vous restituerons Dragosaurix lorsque nous serons certains que les dragons ne viendront plus incendier le village. De plus, c'est nous qui exigeons des excuses !

— Vous avez emprisonné illégalement et sans autre forme de procès, l'un de nos habitants. Prenez garde, ou nous vous déclarons la guerre ! répond Guerontosaurus d'une voix menaçante.

— Même si vous êtes très grands, vous ne nous faites pas peur ! Nous ne céderons pas, c'est une question de principe !

— Mon cher gnome, pour nous aussi c'est une question de principe ; nous avons notre honneur de dragons à défendre... », riposte Guerontosaurus.

"Nous n'avons pas peur, même si vous êtes plus gros que nous !" dit Gentiane.

Aux armes!

Le lendemain, Gentiane convoque une assemblée extraordinaire.

« Il faut prendre une décision, déclare-t-il. C'est une question de principe, il en va de notre honneur. Et si nous ne nous imposons pas cette fois, nous aurons à faire face à des situations semblables dans le futur... »

Tous les habitants du village votent, et la décision finale est unanime : aux armes !

Les préparatifs commencent, dirigés par le général en chef Gentiane. Cependant, durant les exercices, Gentiane commence à avoir des doutes. « La guerre est une chose terrible ; étant le chef, j'ai le devoir de penser au bien de tous... Cela vaut-il vraiment la peine de se battre pour une question d'orgueil et de principe ? »

Aussi médite-t-il, cherchant une autre solution qui permette de résoudre le problème sans violence.

« J'ai une idée, dit-il subitement, ... une idée qui pourrait régler l'affaire sans têtes cassées ni blessures. De plus, nous aurions la possibilité de faire voir aux dragons que nous sommes les plus forts... »

Voici comment l'armée des Gnomes se préparait:

1 Escadron de fusiliers à bouchons
2 Champ de tir sur silhouettes
3 Hôpital de campagne du Trèfle-Vert
4 Savon pour bulles géantes (avions de reconnaissance)
5 Lever des couleurs proche du Quartier Général
6 Matériel spécialisé pour canons lance-hérissons et lance-épis-incendiaires
7 Réservoir de ravitaillement pour lait de putois (par patrouilles de canards)

Armée des Gnomes

porte-drapeau

fusilier
à bouchons

fusilier
à bouchons

adjudant

général

éclaireur

agent
de liaison

officiers
d'état-major (stratèges)

officiers
de marine

mur de défense

pontonniers
et hommes-grenouilles

abeilles et bourdons

fantassin

équipe de sapeurs

infirmières du
Trèfle Vert

avion de reconnaissance

catapulte pour lance-épis
incendiaires

clairon

char d'assaut avec soufflet
lance-pierres

Quant le gong résonne,
tous lèvent la tête :
le gnome ouvre alors
le conteneur de jus
d'oignon...

mitrailleuse tire-glands

vaporisateur de lait
de putois

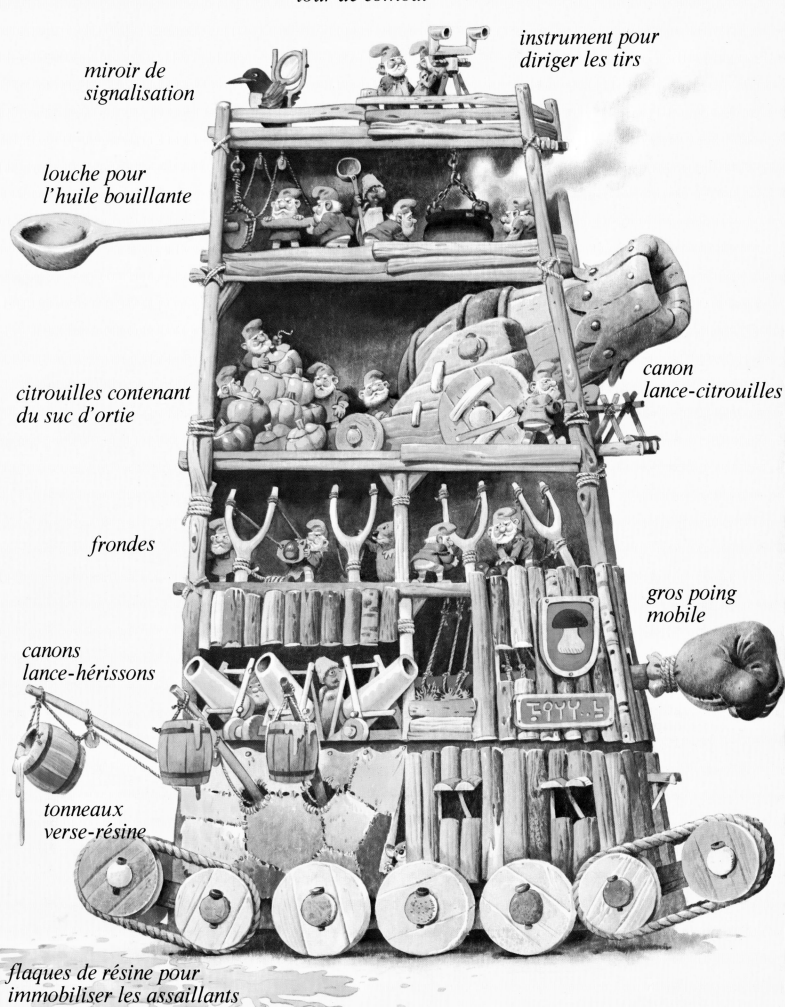

tour de combat

miroir de
signalisation

instrument pour
diriger les tirs

louche pour
l'huile bouillante

citrouilles contenant
du suc d'ortie

canon
lance-citrouilles

frondes

gros poing
mobile

canons
lance-hérissons

tonneaux
verse-résine

flaques de résine pour
immobiliser les assaillants

En guerre!

Pendant ce temps, la Dragulandie se prépare aussi. Tous les dragons s'entraînent sous le contrôle de Guerontosaurus. On entend les roulements du tambour de guerre (qui n'a plus été utilisé depuis la bataille contre les dinosaures du nord). Guerontosaurus convoque tous les sujets de Dragulandie :

« Etes-vous vraiment convaincus de vouloir la guerre ? Pensez-y ! Ces gnomes sont petits mais très rusés. En outre, n'oublions pas qu'ils ont pour alliés, un géant, une fée... et trois lutins fort malicieux !

– Aurais-tu peur, Guerontosaurus ? » lui demande un cornupippus.

L'unicandrus déclare : « Tant que nous pouvons jouer des poings dans le respect de la légalité... »

Et les dragons approuvent.

« Non, non, pense Guerontosaurus qui a l'expérience de son grand âge, mon devoir est d'éviter toute violence inutile... Je porte l'entière responsabilité de ce qui pourrait arriver... »

Précédé d'un drapeau blanc, Gentiane vient le trouver :

« J'ai une idée : au lieu d'une bataille, pourquoi ne ferions-nous pas un concours de tir à la corde géante ? A cette épreuve, participeraient tous les habitants de la Forêt Profonde, et tous ceux de Dragulandie. Nous aurions ainsi la possibilité de démontrer qui est le plus fort, sans effusion de sang.

– Par mille flammes, même si elle vient de toi, je dois admettre que c'est une bonne idée !

– Nous verrons, demain, qui est le plus fort », conclut Gentiane.

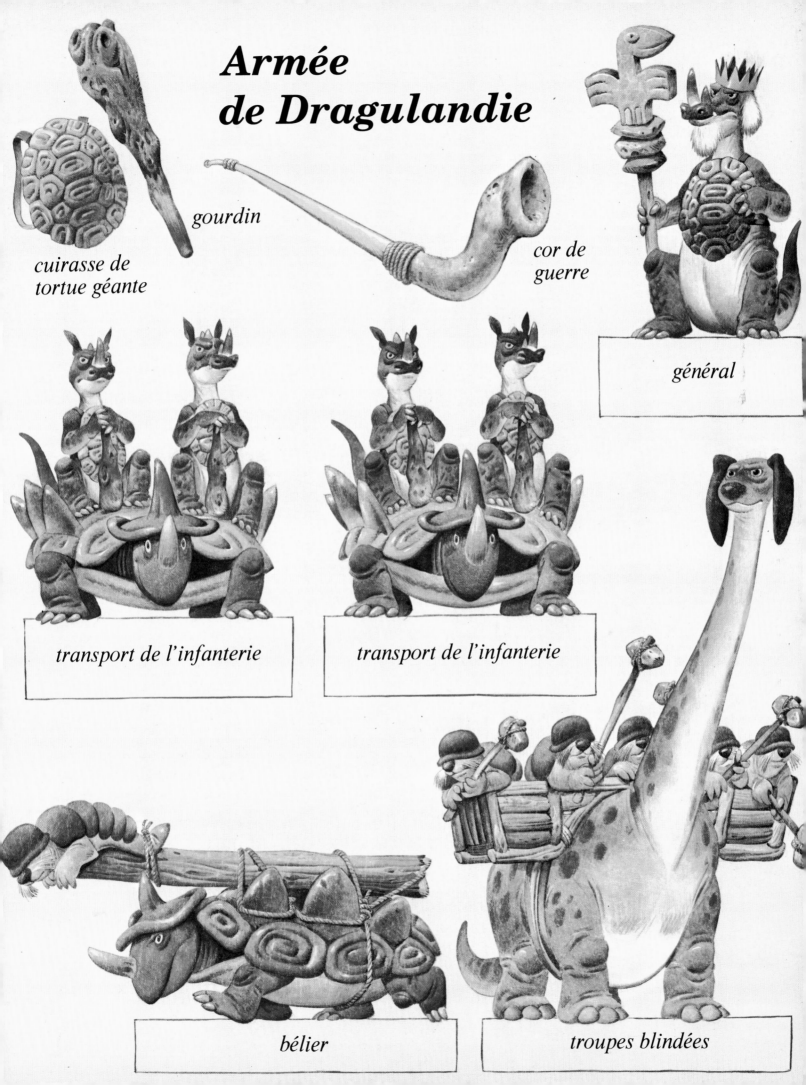

Armée de Dragulandie

cuirasse de tortue géante

gourdin

cor de guerre

général

transport de l'infanterie

transport de l'infanterie

bélier

troupes blindées

fronde à longue portée

pompiers à intervention rapide

catapulte à
pastèques

bombardier à noix de coco

lance-flammes
ambulant

bombardier
en piqué

grande cage mobile pour crocodrulle de combat

sapeurs (pour démolitions et perforations)

char rapide

char encore plus rapide

char d'assaut muni d'éperons avant et arrière

Le grand jour du défi arrive enfin. On plante une pancarte triangulaire comme point de repère, et les adversaires se mettent en position. D'un côté, l'armée des gnomes et les habitants du Joli Bois et de la Forêt Profonde commandés par Gentiane, avec le géant en première ligne ; de l'autre, l'armée de Dragulandie commandée par Guerontosaurus.

« Etes-vous sûrs de ne pas vouloir abandonner ? » demande à mi-voix Gentiane à Guerontosaurus avant de donner le signal.

« Pour être sincère, j'abandonnerais volontiers. Que veux-tu, je suis vieux, toutes ces épreuves fatiguent mon cœur... Et avec ces exercices militaires, ça fait une semaine que je ne ferme pas l'œil...

– A qui le dis-tu ! L'autre jour, j'ai dû rester immobile pendant une heure, pour assister à un exercice de notre état-major. C'est tout à fait contre-indiqué pour mes rhumatismes..., répond Gentiane.

– Le problème, c'est qu'on ne peut plus revenir en arrière, cher Gentiane... j'aurais aimé trouver une solution honorable pour abandonner..., murmure Guerontosaurus.

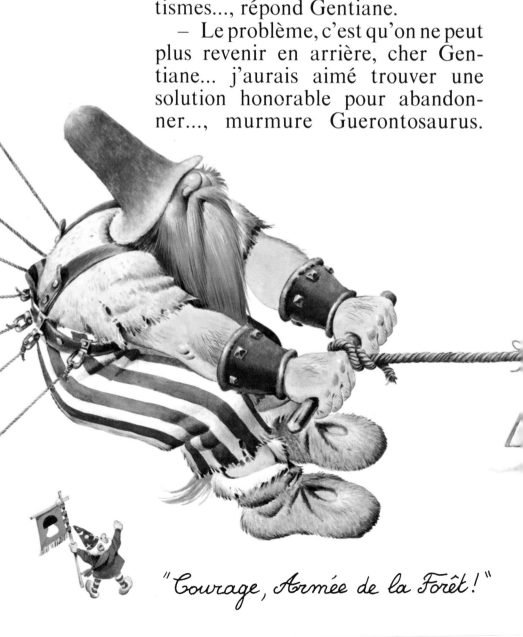

"Courage, Armée de la Forêt !"

– Hélas ! Désormais, il est trop tard, répond Gentiane.

– Allons-y, et que le meilleur gagne ! Comme le disait le regretté Grand Guerontosaurus de la Dragulandie inférieure, l'important n'est pas de vaincre mais de participer ! »

Les deux armées commencent à tirer de toutes leurs forces, encouragées par de grands cris de part et d'autre. La corde se tend... mais les armées sont si entraînées, qu'aucune des deux ne parvient à avoir l'avantage. Tire d'un côté, tire de l'autre, aucune des deux ne gagne...

Les deux chefs se regardent, perplexes. Que faire ?

A ce moment-là, Pivesèche, la fée noire, s'approche sans se faire voir.

« La Grande Fée m'a défendu d'intervenir dans cette guerre ; elle m'a recommandé de ne prendre parti ni pour les uns ni pour les autres, et de rester au milieu. Bien. C'est au milieu que je resterai... »

"Courage, Peuple de Dragulandie !"

Sortant de sa poche un diamant aux mille facettes, elle le tourne vers le soleil... et dirige sur la corde un rayon lumineux.

La chaleur du soleil se concentre dans cet unique rayon et échauffe la corde jusqu'à la carboniser : les fibres cèdent et la corde se casse avec un bruit sec. Elle se casse exactement au milieu !

Avec un bruit sourd qui s'entend à des milliers de kilomètres, les deux armées roulent à terre, l'une à droite, l'autre à gauche.

Les seuls restés sur pied sont Gentiane et Guerontosaurus : ils se regardent sans un mot, stupéfaits. Personne ne comprend pourquoi la corde s'est rompue...

« Bien, bien, bien, commence Gentiane qui ne sait que dire.

– Bien, bien, bien, hum, rétorque Guerontosaurus. Je dirai que ça résout le problème. Nous sommes à égalité...

– Hum, je dirai, oui... je dirai que nous sommes, exactement, à égalité ! » confirme Gentiane qui

commence à éprouver de la sympathie pour Guerontosaurus.

Et se tournant vers son armée :

« Serrez la pa... la main au peuple de Dragulandie, nous sommes égaux ! L'honneur est sauf ! »

Puis il dit à Guerontosaurus :

« Venez donc nous rendre visite au village ! Nous avons une excellente eau-de-vie de pomme... Je parie que nous avons le même âge... De quel siècle es-tu ?... » Et tout en bavardant, nos deux compères se mettent en route.

Au même moment, Pivesèche remet le diamant dans sa poche et se dirige vers sa maison.

« Où vas-tu Pivesèche ? interroge la voix de la Grande Fée. Tu ne m'as pas obéi...

– Mais, Grande Fée, j'ai fait comme tu me l'as dit, j'ai agi afin que personne ne gagne ou ne perde, je suis restée au milieu..., riposte la fée noire.

– Tout est bien qui finit bien », soupire la reine des fées.

Pauvre Dragosaure

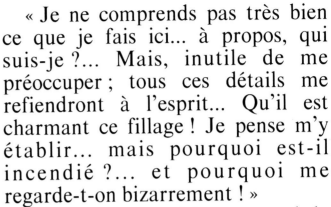

« Drago, tu es une véritable courge, lui répète sa femme Dragosaurilla. J'espère que les coups que tu as reçus t'apprendront à faire plus attention la prochaine fois ! Mais comment est-il possible de se fourrer dans de pareilles situations ? Dragosaurix doit te ressembler... toujours à traîner là où il ne faut pas ! » Et elle se met à fesser Dragosaurix.

La seule consolation du petit dragon est d'avoir la peau très épaisse : la fessée de sa mère ne lui fait pas très mal.

Quant à Dragosaurux, il n'a pas la conscience tranquille... il préfère s'éclipser, pendant que sa mère est occupée.

Et Franz ?

Hochant la tête, il a tout oublié, vraiment tout. Et il est devenu bon...

« Je ne comprends pas très bien ce que je fais ici... à propos, qui suis-je ?... Mais, inutile de me préoccuper ; tous ces détails me refiendront à l'esprit... Qu'il est charmant ce fillage ! Je pense m'y établir... mais pourquoi est-il incendié ?... et pourquoi me regarde-t-on bizarrement ! »

En somme, tant bien que mal, la vie reprend au village...

La fée noire est très contente. Par bonheur tout s'est bien terminé... Du reste, c'est bien pour cela que les fées existent, pour résoudre magiquement les problèmes...

"Ainsi, tu apprendras........"

Tout s'achève par un énorme banquet. Les animaux, les gnomes, le géant, la fée Pivesèche, les lutins et les habitants de Dragulandie se retrouvent assis autour d'une table, à bavarder et à plaisanter. L'ornizoss est le plus heureux, car il a trouvé un arbre très confortable pour y faire son nid.

« Quand je pense que pendant tant d'années j'ai fait mon nid sur des rochers... Ici, on est vraiment bien, dit-il.

– Ppportons un tttoast aux gnomes ! » propose Drago, coiffé du chapeau de Gentiane.

Les trois lutins se réjouissent : « J'y pense, dit Zygoma, désormais dans la forêt, tout le monde connaît nos plaisanteries ; mais nous pourrons les refaire aux dragons qui, certainement, n'en connaissent aucune ! Tout de même, veillons à ne pas trop les taquiner, car ils sont grands et forts... »

Les habitants de Dragulandie ont